奇跡の人と会ふたる旅

青木寿恵

明窓出版

目次

お前は太陽

青木盛栄

ここに記されている奇跡的で波瀾万丈の生涯は、互いに信じ切った姿そのものの歴史であろう。彼女の、耐えて、耐えて、耐え抜いた隠忍自重《いんにんじちょう》そのものの歴史でもある。

その当時の彼女の心境は、死ぬに死ねず、肉体も精神も地獄の炎に焼かれ苛《さいな》まれていた。その最中、火中の栗を拾い上げる勇気を与えられた者として、その当時を想起し、天のひらめきに感謝せざるを得ない。

私たちの結婚とは、妻と弟子を両方兼ね備えたものである。特にコトバは生命《いのち》であり、暗示性を持つから、日々の対話のコトバが最も厳しく重要であった。正に真剣勝負であって、一言の隙《すき》も許されないのである。例えば、「私が」というコトバの中の「が」に含まれている「我《が》」に気付かせ、正していく必要があった。彼女自身の、四十余年という長い間培《つちか》われて来た習慣性のコトバから改革しなくてはならない。

人間意識を構成している地盤は、それぞれの人のコトバであり、何のためらいも無く無造作に出すコトバこそ重大であって、そのコトバ一つの重味《おもみ》が暗示され潜在されて病や不幸の原因へと発展する。人生も半《なか》ばを過ぎてしまうと、その人のコトバの改革・修正等は難しいと思われるかもしれないが、そのコトバがその人の信念にまで到達したならば、信じる力となって人知を超越した結果を生むのである。

彼女は、小さい頃から「自分は身体《からだ》が弱い、病弱だ」という意識を潜在させていた。一番の難事は、その病巣を造っている意識の大改革であったから、日々刻々が正に真剣を突き付け合って、意識の切先《きっさき》の触れ合うごとく火花が散ったのである。

彼女は結婚当初、妻の座と弟子の座との二重生活であり、彼女としては予想もしなかった異次元の世界であったから、夫である師に仕える苦労は並大抵のものではなかった様である。その弱い身体《からだ》で、昼夜、休む暇なく生活費を稼ぐための更紗描き。それ一本に集中する人間離れの活躍は、今考えると神業でなくて何であろう。正に、八面六臂《はちめんろっぴ》（一人で多くのすぐれた才能を持っていること）の働きであった。

彼女の作品は、年を追う毎《ごと》に自然発生的に『寿恵更紗《すえさらさ》』という名誉ある名を頂戴したのである。芸術家として、国の代表として海外での度重なる展覧会に際しても、驕《おご》らず高ぶらず真摯《しんし》な姿で物事をこなして来た。それと併行して、夫の持つ能力の唯一の理解者であるが故に、夫の精神活動には物心両面から大きな支えとなって来たのである。今日の青木盛栄の存在は、彼女の存在があってこそである。人救いを職業にしている世相、芸術を飯の種にしている現代社会。そんな社会とは無縁の、粋明なる本物の芸術・精神活動に徹することができたのである。

お前は太陽

お前の瞳は美しい光を放ち
その心は　しゃく熱に照り輝く
お前は太陽だ
夫に　子に　すべてに
命の限り与えている
眠ることを知らない慈母観音のように
お前は人間ではない
人の形をした太陽よ
そして神よ

私には『世界一の女房だ』と自覚している。故に、私だけの精神活動であったものが、初心の想いの通り、夫婦共々の『世界人類の意識改革』という、とてつもない宿題を楽しみながら、感動の日々を送らせて戴いて居る。
一九九四年　夏に記す

第一章　足の不自由な人が立って歩いた

1　出会い

（一九六七年）

朝早く、興奮した声で知人から電話があった。

「どう言うことなの」

と、私には彼女が何を話しているのかさっぱり解らない。彼女にとって今まで体験のなかったことだけに、その場で起きた出来事をどのように人に伝えてよいか分からない様子である。私にうながされ、彼女は昨晩、徳島からいらっしゃったA先生の講演会に出席した時の状況を話し始めた。

「何十年間、車椅子の生活をしていた男性が、その場で立って歩けるようになり、車椅子を置いて帰った」

と言うのである。〝今まで、歩くことが出来なかった人が立って歩いた。そんな馬鹿なことがあるはずがない。そのようなことが、現実に起こり得るであろうか……〟

「あり得ない」「嘘だ」「どうして……」

と、不思議な思いで何度も聞き返したが、電話で聞いただけではすぐには信じることが出来なかった。

「来月、またA先生がいらっしゃるから、講演会に出席して自分で確かめてみてはどうですか」

と、知人は電話を切った。

未知の世界の出来事として私は少し興味を抱いたので、半信半疑のまま次の講演会に出席することにした。その頃の私は病弱で、多くの人の集まる場にはいっさい出向かないことにしていた。

お城のふもとにある私立高校の講堂には大勢の人が集まっていた。その日は雨が降る二月の寒い日で、外はもう夜になっていた。

「足の不自由な人が立って歩いた」

という噂を聞き、不思議な世界を見たいばかりに集まって来た人もいる。〝そんな馬鹿な……。不思議なことなどあるものか……〟と思うのは世の常である。会場はいっぱいの人で埋め尽くされ、熱気のようなものが感じられた。

壇上に現れたA先生の第一声は、

「おでこが光っていて、わしはデコちゃんだ」

と言って、おでこをパチンと叩かれた。ワアーッと笑いがはじけ、会場はいっぺんに明るい雰囲気に包まれた。

「人間は本来、明るさに向かって生きるべきである。まずは、自分の意識を変える努力をせよ」

と話された。講演も済み、宿舎へ戻るA先生の後を、個人的に指導を受けたいと願う人々がぞろぞろとついて行く。私もその中のひとりであった。冷たい雨の中、藁《わら》をもつかむ想いで友人に誘われるままに宿舎へ向かい、A先生の言葉に耳を傾けた。

何か惹《ひ》かれるものがあって、あくる日も宿舎に当てられている弁護士さんの家へ、友人に連れられて尋ねて行った。大勢の人たちが集まって来ている。皆それぞれに自分の悩みや苦しみ・病気のことを相談し、指導を受けている。私も順番がきて、勇気を出してA先生の前に進み出た。大勢の人の前で包み隠さずすべてを話した私は、〝やさしい、なぐさめの言葉が返って来る〟と期待した。が、大きく目を見開き、恐ろしい形相で私は叱り飛ばされた。一瞬のことで、何と言われたのかも分からなかった。きっと、〝未熟な心に喝を入れられたのかもしれない〟叱られることを予期していなかった私は、平静を保てず涙が溢れた。A先生の目にも涙が滲《にじ》んでいた。やさしいお顔であった。

暗く顔を伏せている私に、

「もっと明るく希望を持って生きるように……」

と諭《さと》して下さった。まさに天よりの言葉であった。一筋の光が私に灯《とも》る。

「来月また来ますから、それまでに明るい人になっているように……」

と励まされ、勇気づけられた。そして、

「あなたは、人の柱にも光にもなる。中心となり得る人だ」

と付け加えられた。今まで知らなかった世界をほんの少し覗いただけのことであったが、何故か〝心の持ち方ひとつで、こんなに心が安らぐのか〟と、不思議な想いであった。沈みがちで、どうしようもなく暗鬱《あんうつ》になる心を、極力〝明るく保とう〟と努力した。その日を境に、過去からの脱皮が始まった。

2　生命《いのち》を絶つ

「意識が戻ってきた」

という医者の声に、私はぼんやりとあたりを見まわしたが何も見えなかった。すぐそばで、人の話し声だけが聞こえている。医者とその奥さんの声、夫の声、その会話だけが聞こえる。何かを探している様子に、私は答えようとしたが声が出ない。話が出来ない。〝何故だろう〟時が経つにつれて、白いベールのような隔《へだ》たりの向こうに、薄ぼんやりと人の姿があり、私はすぐその前にいるのだけれど、遠くに感じる。〝何故だろう〟その人たちの唇だけがパクパクと動いている。それはゴム人形の唇のように見えた。

あくる日、親しくお付き合いをしている女性とその娘さんが尋ねて来た。まだ視力が戻っておらず、顔もはっきり見えない。赤く塗った口紅の色だけが見えて、それが動いてなにか喋っている。その内、温かいお湯で顔や手を綺麗に拭いてくれて、クリームまでつけてくれた。おまじりのお粥《かゆ》を炊《た》いて一口ずつ食べさせてくれる。正月六日になっていた。去年の暮れから、食物は何も喉を通していなかった。親子の愛情あふれる行為に、固く閉ざしていた私の心は、氷が溶けるように次第に解けていく。それまでは、生に対して拒絶があった。死を求める心は、かたくなに現世に戻ることを拒んだ。親子の温かい愛の心に触れて、萎《しお》れていた花が水を与えられて蘇《よみがえ》っていくように、人の愛が私をこの世に再び蘇らせた。

そして、白いベールはいつの間にかなくなっていた。生命を絶つということは、肉体的な苦はあまりないが、生命を蘇らせるということは、大変な苦痛をともなう。人がこの世に出生する時、母子ともども産みの苦しみを味わうものである。一度、意を決して死へ旅立ったものが、また肉体も魂も現世に引き戻される時の苦痛は、母親の肉体から生まれ出る赤子本人にとって、その苦しみは何も分からないのと同じように、私自身の意識の中には何もないのである。他人《ひと》から聞いた話によると、部屋中をのた打ち回り、壁に体をぶつけ、頭をぶつけ、目を覆《おお》いたくなるような壮絶な闘いだったそうだ。天が私の魂を蘇らせようとしている。生を拒む力との格闘。手も足も紐《ひも》で縛られ、芋虫のように転がっていた私。転げ回り、あざだらけで見るも痛ましい姿。そして、天はついに私をもう一度この世に蘇らせたのであった。

私は大きな使命と、偉大なる光を与えられたことを後になって知るようになる。過去の魂は死に、新しい魂が入れ替わったかのように蘇生《そせい》したのである。未熟から不熟へと、ひとつの果実が完全に熟することなく地上に落ちて腐ってしまった。その中の種が、天の光により再び生命力を与えられたのである。そして、過去の未熟な心からの脱皮が始まり、強い芽となって育っていった。奇跡的に生命は取り留めたが、手足にはひどい火傷の痕《あと》があった。

「どうしてか」

と聞いてみると、

「火をあてがってみても、全然、何の反応もなく、末梢《まっしょう》神経まで駄目になっていて再起不能だ」

と、知人の医者から宣告を受けた。

「一生、病弱の体のまま過ごさなくてはならない」

とショックな言葉であった。

そして、A先生との出会いは、蘇生を得て一ヶ月余りたった二月一三日であり、この日が私の運命の日となったのである。

3　奇跡

徳島から来られたA先生の講演会に、私は出来るだけついて回った。〝真理の言葉・心の法則〟を、一言も聞き漏らすまいと必死であった。行く先々で奇跡が起こる。会場には大勢の人々が集まり、熱気でムンムンしている。

その中に、長年脳卒中で寝込んでいた男性が家族に支えられて来ていた。講演の途中、会場の中ほどにいるその男性を指差して、A先生は、

「立て！」

と、強い口調で命令する。立てるはずのない人である。人々の視線は一斉にその男性に注がれる。家族が手を貸そうとすると、

「誰も手を貸すな。ひとりで立て！」

と、強い言葉が飛んで来る。皆、固唾《かたず》を呑んで見守る中、その男性はまるで操り人形が操られているかのように、恐る恐る立ち上がる。

「立てた……」「立てたぞ！」

と、皆が口々に叫び歓声が上がる。家族が一斉に大声を上げて泣き出す。皆も感激のあまり、涙、涙である。男性本人は、驚きのあまりに声も出ず、呆然と立ち尽くしている。

「歩け！」

と、再び強い言葉が飛ぶ。皆、道を開ける。男性は恐ろしそうに一歩前に踏み出す。

「歩けた！」

と、嬉しさのあまり男性は感極まってオイオイと泣き出した。

「長年、歩けずに床の中にいた人が立って歩けた！」

と、会場は興奮のるつぼと化した。トロトロと流れ落ちていたよだれも、手の震えも止まっていた。そのうちに、トイレへも自分ひとりで歩いて行けるようになった。

私は、生まれて始めて見た奇跡的な光景を目《ま》のあたりにし、

「うそだ」とか、

「あり得ない」「信じられない」

などの否定的な想いなど、もうどこかに吹っ飛んでしまっていた。先生は、身体に触れるなど、何もされてはいないのだ。どこに座っているのかも解らない相手なのに、奇跡は起きた。そのことが不思議でならなかった。

第二章　生い立ちの記

昭和五二年九月　青木盛栄記

1　神隠し

白装束《しろしょうぞく》に身を包み、菅笠《すげがさ》をかぶり、杖をつき、鈴を振りながら四国八十八か所の霊場詣《れいじょうまい》り。そのお遍路《へんろ》さんの姿は子供の目にも何かまぶしく、尊いものに見えた。手で振るのか、風にゆれて鳴るのか、その鈴の音色が、朝もやの白いとばりの奥から聞こえ、静かな山なみにこだまするのが、遠い白い幻の音のように思われた。

私の家は高知県の足摺岬《あしずりみさき》につづく、登り下りの激しい長い坂道に向かう峠のふもとにあり、遍路宿を営んでいた。ここは霊場のうちで、もっとも険しい道のりである。そのためか、白装束に身を包んだお遍路さんたちのほとんどは、私の宿に泊まって翌朝早く旅立ち、この難所を越えるのがならわしだった。母は産後の肥立ちが悪く、心臓を病み、そのうえ喘息《ぜんそく》持ちであった。綿のように重い体を、鞭打つように宿屋の仕事に精を出していた。

私が、二歳ぐらいのまだヨチヨチ歩きしか出来ない頃のことである。外ではひばりが麦畑の中で巣ごもりをして、ひときわ囀《さえず》りがにぎやかに聞こえてくる初夏、母は私を伴って近くの川へ洗濯に出かけた。私は母のそばで、かぼちゃの黄色い小さな花を餌に沢蟹《さわがに》を釣って遊んでいた。母はそんな遊びをしている私に安心したのか夢中で洗濯をしていたが、ふと気がついてあたりを見まわすと私の姿が見えない。忽然《こつぜん》と消えてしまっていたのである。まさか川の深みにはまって流されたのであるまいか、あるいは、誰かにさらわれたのではないだろうか、と、あたりを狂人のように探しまわった。

それから数時間後、母の話を聞いて村中が大騒ぎになった。

「ひょっとしたら神隠しにあったのかもしれない」

「いや、天狗にさらわれたのかも」

「人さらいに連れて行かれたのかも知れない」

などと、口々に噂した。母は口もきかず、ただ戸口に虚脱状態になったまま立ちすくみ、そのやつれた顔は青白く、臘《ろう》のように抜け、気味が悪いほどだった。父はその頃、どこかよそへ働きに出かけ家にはいなかった。

翌日の昼ごろになって、隣り村から妙な話が伝わって来た。ここから八キロほど先の谷あいに、古い炭焼の窯跡《かまあと》があり、その青苔《こけ》としだに覆われた洞穴のような窯の奥から、

「猫の子の鳴くような、しわがれた、うら悲しい泣き声が聞こえて来た」

と、村に商用で訪ねて来た旅人が話したと言うのだ。旅人は夕暮れの道を、ただ怖い思いであわてて通り過ぎてしまったとのことであった。その夜、母は仏壇の前にすわり、何かものの怪《け》につかれたように一心にお題目を唱え、祈祷をしてもらったり、占い師に私の安否を尋ねたりしたそうである。

2　一度目の蘇生《そせい》

それから三日目のことだった。私達の住む村の若者たちが、隣り村から伝わってきた話から、くだんの谷あいにある炭焼窯《すみやきがま》の跡まで探しに出かけた。すると私はその窯跡の洞穴の中に死体として横たわっていたのである。母は若者たちの手から、もう息も絶えている私を抱き取り泣きに泣いた。そして、母は冷えた死体の私を、その暖かい柔らかな素肌に抱き包んだまま一晩中添い寝していた。

翌朝、母の寝室から異様な声がした。

「盛栄が生き返った、盛栄が生き返った」

隣りで寝ていた姉たちや親戚の人たちには、母が発狂したとしか思えなかった。まさか、生き返るなどとは考えてもみなかった。私は、母のあたたかい素肌の中で、その熱い命の炎に包まれて蘇《よみがえ》ったのだった。後に姉から、私が神隠しにあったことを聞き、私は信じられぬまま今日まで生き続けて来ている。どうしても人知では解けない謎が私の成長体験の中にあるのだ。

このことは、病弱な母にとって大きな負担となったに違いなかった。母は、自分の命を私の命に代えて守り切ったのである。それからというもの、見る目も痛々しいほどに母の体は衰弱し、床に臥《ふ》せる日が多くなり、宿屋を維持して行くことも難しくなった。それに加え、大正七年、八年、九年には打ち続く経済恐慌が襲い、失業者が全国で三〇万人を越え、生産工場ではストライキが続発し、米価は高騰《こうとう》し、この寒村《かんそん》にすらその不況の波はまともにおし寄せて来た。ただでさえ貧しいこの農村では、小作人は生きているのがやっとのことであった。

3　母の死

それでなくとも重病人の母を抱えているというのに、私たち一家の上に、さらに新たな悲運が襲ったのである。ある冬の日の朝。父が行商に出かける途中の山道で、小さな竹橋を渡ろうとして、霜で足をすべらし、膝頭を骨折してしまった。

貧乏は体験した者でなければその惨《みじ》めさはわからない。金のない、物のない生活の悲しさ、味気なさ、空しさ、地の底にいるような冷えびえとした暗い日々。姉が一家を支えることになり、懸命に働き、それでも貧苦はまるで湧き水のようにあとからあとから湧いてくる、それも一九歳という娘ざかりなのだ。何ひとつ自分の新しい買物をするではなく、ひたすら両親のため、自分の幼な児や弟の私のために捧げつくし、楽しかるべき青春も、私たち家族の犠牲になったのである。

　涙をぬぐいながら貧苦に立ちむかい、闘い、生き、働いた。私は今でも、眠られぬ夜、ふと、貧しかった時代の姉の姿を思いうかべる。〝済まぬ、済まなんだ〟と、私は手を合わせ、姉の苦労に心から礼を言わずにはおられない。

　私たち一家は、まるで流木のように宇和島を去り、次の移転地香川県の琴平《ことひら》へ移り住んだ。私は小学一年になったばかりの時であった。むろん、琴平へ移ったからといっても、生活は厳しく暗澹《あんたん》たるものである。私は近所の人から、喘息《ぜんそく》によく効く薬草のあることを教わり、学校から帰ると母のために野っ原へ走り薬草を摘んで来るのが日課だった。しかし、半ば崩れかけたようなあばら家では、北風が吹きぬけ、梅雨どきになればじっとりと湿り、母の健康には良くはなかった。それに陽あたりも悪く、陰気な家であった。

　ある晩のこと、母は喘息で息がつまり顔面は蒼白になり、脂汗がにじみ出るほどの苦しい息づかいで、私は起きて母を支え、幾度も、繰り返し繰り返し、痩せ細った背をさすった。するといつしか咳は落ち着き、やわらぎ、そのままぐっすりと眠ってしまった。翌朝は元気になったのか、陽だまりで髪をすいている母の姿が見られた。そんな晴れやかな姿は、ついぞ見たことはなかった。〝そんなに良くなるなら、毎晩でもさすってあげたい〟と、子供心にも母の健康を祈った。

　母は近所のおかみさんや姉に、

「あの子に撫《な》でてもらうと、不思議に咳が止《や》んで治ったみたいになって気分が良い」

「あの子は、小さい時に神隠しにあって死んでいた子だから、きっと神さまの力を持っているのかもしれない」

などと、得意そうに語っていた。そんな母の自慢話に、どう尾ひれがついたものか、借家住まいの裏長屋じゅうの評判になったらしく、時々、私の家に見知らぬ人が訪ねて来て、私の手を握ったり、また、体に手を触れさせたりなどするので、私はとまどってしまうこともあった。

　それから二年ほどすぎた初秋、母はあたかも枯葉が音もなく舞い落ちるようにそっと息を引きとった。安らかな死であった。

4　お百度詣り

小学五年生の時から持ち上がりの担任である豊田先生は、物心両面に恵まれぬ私に、わが子のように深い愛情をそそいで下さり、ともすればいじけ、ひねくれる私を素直な子供にしつけて、常に心の支えになって下さった。温かな慈父《じふ》のような先生であった。もしも、私の生涯でこうした温情ゆたかな教師に巡り会わなかったら、今日のような人間には成長していなかったかもしれない。生涯で忘れられぬ恩人であり、まことの先生であった。

人間の成長期に必要なのは知識だけではない。人間性の真実であり、愛を知ることである。学問や知識はあとからでもやり直すことは出来るが、人間性の確立、愛の深さを知ることはやり直しがきかない。成長期において、いったん歪《ゆが》んだ心はもとには戻らないのである。

そんな大切な、誰よりも頼れる大事な豊田先生の姿が、春の新学期の終わり頃からふっつりと教室に現れなくなった。

「先生は胸を病み、寝込んでいらっしゃる」

ということだった。後任の先生からは、

「豊田先生は肺病だから、みんな見舞いに行ってはいけない」

「病気が感染するから」

と、注意を受けた。当時、肺結核は恐ろしい伝染病とされ、不治の病のように忌《い》み嫌われていた。しかし、私は何としてでも豊田先生だけはすぐに治ってほしかった。〝先生のにこやかな顔がみたい〟〝先生に会いたい〟と切々とした想いが、教室にいても、家に帰っても、ひとときも脳裏から離れなかったのだ。

　その年も越えて正月休みも終わったが、豊田先生の姿は教室には見えない。私は毎日が面白くなく、勉強にもまったく身が入らず、やたらと友達と喧嘩《けんか》をした。もう破れかぶれで生傷の絶えぬ日はなかったが、そんなことで私の気持が救われるものではない。ある日、先生の病気が治るように氏神の金比羅《こんぴら》さまへ、お百度詣りの十五日の願をかけてみようと決心したのであった。

　琴平《ことひら》の金比羅さまは全国でも有名な神社で、そこには千数百段の石段があり、象頭山《ぞうずさん》の中腹にある本殿まで、とても一気に登りつめることはできない。肩で息をしての難行苦行である。真冬の朝、学校へ行く前にお詣りをした。カバンを石段のかたわらに置き、裸足《はだし》で凍《い》てつく石段を登った。本殿とお百度石との間の急な石段を百回登り下りするのである。寒さで足がしびれるほど痛い。白い息を弾ませてこま鼠《ねずみ》のように往復をくり返した。

　十五日目、満願の日。私は宮司に呼び止められた。ふだんから悪童であった私は、何かいたずらが露見《ろけん》して叱られるのかと思った。宮司は、

「どうして子供がお百度参りなどするのか」

と、理由を尋ねた。私は正直に答え、

「先生が早く治ってほしいのです」

と、宮司にも哀願するように言った。後日談ではあるが、その十五日間、豊田先生は私の元気なにこやかな笑顔を何度も夢にみたということであった。

三月の初め頃、豊田先生はすこやかな顔をして登校された。その嬉しかったこと、今でもその日の喜びを生き生きと思い出す。卒業式の日、私は数々の善行賞と賞品を受けた。その日、豊田先生は私が校長先生から賞状を頂くとき、顔じゅう涙してじっと見つめておられた。

5　お父《とう》が蘇《よみがえ》った

私は十五歳、学校をおえると、すぐに働きに出た。働くといっても最下層の肉体労働者だ。体は人並よりやや小さいが、しかし頑強な肉体がある。ある時は河川工事に駆り出され、飯場《はんば》で泊まり込みの仕事もやった。

そんなある日のことであった。村からの使いの者がやって来て、父が、

「大怪我をして危篤状態だ」

という知らせであった。度重なる不幸に私は呆然とした。取るものも取りあえず、私は飯場からわが家へ息せき切って帰った。医者の手当ても済み、父は体じゅう白い包帯だらけで

横たわっていた。意識は完全になかった。

父は、近所の子供たちにせがまれて柿の実を取ろうと太い幹を伝わって枝にとりつき、実をもぎにかかったとき枝もろともに落ちて、運悪く落ちた地面には大きな石が散在していたので、骨も砕けようというものである。全身打撲、内出血、裂傷、骨折と、交通事故にでもあったような大怪我だった。時に六八歳であった。

医師が親戚の者に言った。

「もう年だから、たとえ意識が回復しても、あまり希望は持てない」と……。

親戚の人たちや近所の人々が立ち去ったあと、私はひとり父のかたわらに座っていた。その時ふと私は、〝自分の手が人に触れると病を治したり、お百度詣りして祈願したら豊田先生の病気が治ったりした〟ことを思い出した。母のいない私には、たとえ体が不自由の父であっても長生きしてほしかったのである。そんな私の願いが、いつしか私の手を父の体に触れさせていた。手は包帯の上を、体の隅々まで這《は》うように撫《な》でた。どのくらいの時間が経ったのか、昼間の激しい肉体労働のせいもあり、つい、ウトウトと父の蒲団のそばで眠ってしまったのである。

明け方であった。父のか弱いうめき声で目が覚めた。父が意識をとり戻したのだった。

「お父《とう》が、お父《とう》が蘇《よみがえ》った」

「生きていた。生きていた」

と、誰もいない部屋で父を呼んだ。涙の出るほど嬉しかった。三か月ほどで、ひとりで起きることができ、杖をついて歩けるようになった。

その年も暮れ、正月が過ぎると、私は父と一緒に高知市の小さな借家に移り住んだ。

6　旅芸人一座に

昭和七年（一九三二）の初春。当時、世の中は不況一色に塗りつぶされていた。日本全国の失業者が四二万人を数えた年である。各地で労働争議が続発し、倒産が毎日のように報じられた。そんな不況時にまともな職などあろうはずもなく、姉がようやく製材所の雑役夫の仕事をみつけて来てくれた。肉体労務者にはかわりはないが、以前の河川工事の人夫仕事に比べればはるかに楽であった。

私は一六歳で、知識欲、勉学心に燃えていた。工場からの帰途には、必ずといってよいくらいに古本屋へ立ち寄った。長い時間立ち読みをし、あるときはなけなしの小遣いをはたいて本を買った。本屋は親切にも貸本までしてくれた。私は家に帰ってから夜のふけるまで読書した。書物は、無学である私の知識の餓えや渇きを癒《いや》し、見知らぬ世界へ旅立たせてくれたのである。

私は、勉強をしたい、自分を伸ばしたい、能力を試したい、それには大都会の東京へ行くしかない、東京へ出て頑張るしかないと、深く胸に刻み込んだ。しかし、どうやって行くのか、何か当てがあるのか、旅費があるのか、思案すればするほど、風船玉のように大きくふくらんだ夢は、たちまちしぼんでしまうのであった。

内心、東京出奔《しゅっぽん》を固く決めていたが、その志がなかば挫折しかけていた頃のことである。製材所の全従業員を集めての、年に一度の慰安観劇会が休日の前夜、高知市では最も由緒ある堀詰座という劇場で催された。その夜の出演は東京から来た一座で、本場の落語、漫才、奇術、手踊りだったが、私には一向に興味がわかなかった。ただ、漫才を観ているうちに、〝あんな他愛のない軽口を喋っているだけで客が呼べるなら、自分でも出来る〟と思った。私はふとそのとき、いいアイディアを思いついたのである。〝よし、この漫才師の弟子にしてもらい、一座について行けば、旅費も食費もいらずに、東京へ行けるではないか。〟ちょっとしたひらめきだとわれながら得意になった。

〝善は急げ〟と私はその夜、誰にも内緒で、小屋がはねたあと漫才師の楽屋を訪ねて弟子入り志願をした。生まれてはじめて見る楽屋裏の風景である。私はどぎまぎして足が地につかない。さっきの手踊りの芸子たちがかつらをはずして廊下を往き来する、お化粧の甘い匂いが鼻先をかすめる。私は、おそるおそる漫才師の割り部屋に入った。旅先で飛び入りの弟子志願など珍事なのか、それとも日常茶飯事《さはんじ》なのか、漫才師は即座に弟子入りを認めてくれたのだが、

「承諾書に、親の印鑑をついて持って来い」

「そうでなければ、身もともわからぬ者を弟子にするわけにはいかぬ」

と言うのである。これは思ってもみなかったことだった。漫才師の弟子になるなんて、父親に相談すれば一蹴《いっしゅう》されるに決まっている。しかし、この機を逃したら、もう二度と東京行きのチャンスはやって来ない。私は東京へ行きたい一心から、父の印鑑を盗み承諾書を作って翌日楽屋へ出かけた。弟子入りは叶い、芸名もさっそく決まり、「港屋いかり」という何かマドロスめいた名前をもらった。今にして思えば恥ずかしい限りであるが、そのときは真剣そのものであった。

旅芸人たちの一座は、三日間の舞台が終わるとすぐにも次の巡業地の小屋へ行くのである。私は父や姉に、

「四、五日、出かけるから」

と言ってだまし、身の回りのものをまとめると掘詰座の楽屋へ走った。うしろめたい気も

したが、〝ここでくじけてしまったら自分がだめになる〟と思い、振り切って出かけたのである。一座の次の興行地は、高知市の東のはずれにある御免《ごめん》町の日の出座という小屋だった。その頃の旅芸人たちは、巡業地を徒歩で渡り歩いたのである。舞台道具などは、小屋から仕立ててくれる荷車に乗せて次の芝居小屋まで運んだ。座長格の人は特別で、人力車か何かに乗って楽屋入りした。

私は他の落語家の弟子たちや踊り子たちと、大きな道具や衣装行李《いしょうごうり》を荷車に積んだ。荷車を先導して引っぱるのは新弟子の私である。荷台の上には、一座の名前を大書したのぼりが風にはためいていた。美しい踊り子たちの若やいだ笑い声、思い思いに軽口をたたきながらの道中である。心が浮き浮きしてくるような楽しさだった。別世界に来たような感覚にとらわれ、いつも見慣れた田園風景が何か新鮮にまぶしく映った。

日の出座に着くと荷を降ろし、空車をまた市内の堀詰座まで戻しに帰るのである。その役も、新入りの私だった。内心、〝ひょっとしたら誰かに見つかるかもしれない〟と不安でたまらなかったが、わがままも言えず、指示されるまま、もと来た道を引き返した。

7　トラック事故

市電の軌道が街道《かいどう》よりもやや高く、その斜面が豪雨どきには川のように街道へ流れこみ、土砂がけずられて、道は左に傾斜し、車もかしげて引きにくい難所であった。ちょうど、その街道の斜面にさしかかったとき、前方から一台のトラックが疾走《しっそう》して来た。見れば、トラックの黒い車体は道路の斜面にそって左に傾いているのである。私はとっさの機転で、荷車を線路ぎわの左の斜面の方へよけた。その瞬間、三差路の右側から自転車が飛び出して来たのだ。トラックは、あわててハンドルを大きく左に切るや私の荷車に衝突して、その巨体をゆるやかに右に傾け、私の上に大津波のようにのしかかって来た。荷車の車軸は折れ、私は荷車を引いたままの姿で下敷きになり、さらにその上からトラックの車体もろともに満載した積荷が、体の上に覆いかぶさったのである。私はまるで押絵にされたように、地面に体がめりこみ、顔も横むきのまま、中に埋まるようにしてつぶされていった。

しかし、意識は鮮明だった。一瞬にして激突し砕けるようにつぶされれば、意識は驚きと同時に喪失するが、私は荷車の車輪のために徐々に圧死したのである。トラックの車体とその積荷の重みが車軸を次々に折り曲げ、その度ごとに私の脚、腰、胴、頭と、下から上へと押しつぶして行き、私の体はまるでチューブでしぼり出されるように圧迫され、血が頭の方へとせり上げられるような形になったのである。顔面はおろか、指一本微動させることもできなかった。

畜生め、おれをなぜ殺すのか。憎悪とも、悔《くや》みともつかぬ無念さがこみあげて来た。これで、もうおれは終わりだ、死ぬ。あきらめきれない生への執念にもがいた。そして、しだいに意識がおぼろになり遠のいていくのをおぼえた。もう、呼吸の苦しさも生への執着も薄れて、静かな眠りに似たようなやすらかさが訪れた。耳鳴りのジーンとする音が残っていたが、それもコツッというかすかな音とともに止《や》んだのである。

8　肉体遊離　夢幻の世界

私は、実に安らかな自分を知った。現在ならば、心で死を見つめることはできる。つまり、自分の肉体以外の霊的な自分があることはうなずけるが、その当時は自分の心の分析がよく出来ないころだったので、その心の動きを明確にとらえることは出来なかったのである。私は、自分の肉体から脱出したのか、平和で楽々とした気分でその上自由であった。肉体上の感触は全くなく、ただ美しい世界に浮遊しているようで人間知を絶した別世界がそこにはあった。その光景は、余りにも幻想・神秘の世界だった。誇張した表現のようにとられてもしかたないような、素晴らしい世界が現出したのである。

自分の肉体から離れた私は、意識を自由に持ち、思うままに行動することが出来た。私は姉のところへも、父のもとへも行った。その時、父は座敷にいて大きな陶製の火鉢に手をかざしてキセルを吸っており、時たまトントンと火鉢のふちを叩いて吸殻を落としていた。その瞬間であった、私は火鉢が真っ二つに割れ灰が煙のように立ち上がるのを見た。父は、私が「港屋いかり」の芸名をもらって漫才師の弟子になり、空の荷車を引いていることなど夢想だにしていなかった。また、私が霊魂（？）のようになって父のもとに往ったことなど、気のつくはずもなかったことである。私は蘇生《そせい》してからこの事実を知らされ、肉体を離れ、見たことと現実との一致に驚いた。

工場の仲間たち、小学校の友だち、親戚の人々の顔が、〃見たい〃と思えばいつでも見られ、〃会いたい〃と思えばいつでも会えた。〃母にも会いたい〃と願ったが、しかし母は死んでおり、〃霊界など存在するものではない〃と私は強く否定し、信仰心もなかったためか死んだ人には再開できないというあきらめがあったのか、母の姿を判然ととらえることは出来なかった。

私は後日、その時の幻想的な光景、その顔、顔、顔と見えたのは、〃トラックの下から引き出されて、多数の人たちが上から私を覗き込む顔がそうだったのではないか〃と考えてみたことがあった。しかし、それは無知な私の考え出した理屈であって、解明されないままになってしまったが、ようやく最近、本当に別の世界に行っていたのだと信じることが出来るようになった。

肉体の意識感覚は、呼吸の停止と耳の底でジーンと鳴る音が途切れたときになくなって、もう死んでしまったのだと別の心は思った。そしてその心が、そのまま瀕死《ひんし》の肉体から離れて、自由に、思うように行動できたのだ。しかも、その住む世界は別にあったようで、それはちょうど一粒の水滴が太陽の熱で大空に蒸発して雲の世界に集まって行くように、私の肉体から遊離して別世界に行ってしまったようなものだったのである。

これらのことは、自分の文字知識の貧困さゆえ、うまく表現出来ないのが残念である。ともあれ、人間の感覚や意識では知ることも考えることも出来ない、全く異質の世界の出来事であるとしかいえないのである。宗教家は「霊界に行っていた」と言うでしょうし、科学者は「脳波が働いた」と言うかもしれません。どのように解釈されようと、私はそのような夢幻の世界で楽しみ、嬉しさでいっぱい、さわやかな一時期を楽しんだのだ。しかし、客観的には、つまり肉体的には私は完全なる死の状態にあったのである。

9　二度目の蘇生

トラックの運転手は、大きな積荷であったため、横転した時も積荷に救われてそれほど激しい衝撃を受けなかったらしく、軽い打撲を負っただけで、すぐに車外へ出るとトラックの下敷きになった私を引っぱり出そうと懸命だった。しかし、一人の力ではどうすることもできず困っているところに、幸運にもちょうどそこへ数十人の青年団員たちが軍事教練を終えて通りかかったのである。運転手は大声をはりあげて呼び止め、その青年団員たちは麻袋に袋詰めになっている鋸屑《のこぎりくず》の積荷のロープをほどき、素早く積荷を取り去り、トラックを押し上げ、荷車の下敷きになった私を引き出した。また、警官が警察医と一緒に駆けつけた。事故が発生してから、わずか十数分後の救出活動であった。

トラックの下から引き出された私の体は、チューブのように押しつぶされていたのか、その圧迫していた重みが取りのぞかれると、その鬱血《うっけつ》して変色した青黒い皮膚からどっと一気に血が噴出したようである。鼻、耳、口などの穴という穴から、そして皮膚の毛穴からも出血した。体じゅうがどす黒い血にいろどられ、見るも凄惨《せいさん》な死体であったようだ。

警察医の検診では、私は呼吸、心臓も完全に停止しており、両手両脚の四肢も骨折、肋骨も素人眼にも歴然と折れているのがわかるほどの惨状であった。むろん、体じゅうの穴という穴から血が噴き出て血達磨《ちだるま》である。もはや生存の徴候《ちょうこう》は何ひとつなかった。検診では圧迫死と断定され、私はむしろをかぶされて、身柄引取人を待つために路上に放置された。翌日の高知新聞には、現場の写真入りで、四〇歳ぐらいの男がトラックの下敷きになって圧死したという事故記事が掲載されたのである。

また、事故を知った野次馬が大勢集まって、口々に

「どこの誰か」

などと噂をし合って、むしろ越しに私を眺めていたという。そして、小一時間も経過したとき、一人の白衣の医師が車から降り人垣の中をかき分けて来た。看護婦を伴い、むしろを払って私を見つめた。高知県下で名外科医として知られる、浪越康夫博士だったのである。浪越博士は、看護婦に命じて医療カバンの中からリンゲル液の注射をとりだすと私の足に針を立てた。

私は事故の後、十一日目にやっと昏睡状態から脱し意識をとり戻した。回復後、浪越博士は私にこう述懐した。

「あの時、君に注射したリンゲル液は、君を救うために持参して行ったようなものだった。君の事故が起こる少し前に、あの現場から少し離れた採石場で石工が石に挟まれているという事故の知らせを受けた。しかし現場へ駆けつけてみると、もう石工は完全に圧死して手の

施しようもなかった。用意していたリンゲル注射も使わずじまいだった。その帰り途に君の事故の現場を通りかかった。あのままだと、君は警察医の検診どおりに死亡していたと思う。私は人間の霊性を信じている、人間の縁というものを信じている。私はそのとき、石工も石によって圧死した。君はトラックの下敷になっての圧死だ。しかし、君をみたときかすかな望みがあった。あの石工の死によって、この男が救われるかも知れぬという何か運命的な確信があった。石工に与えていたはずの注射で、君を蘇生《そせい》させることが出来るかもしれぬという予感みたいなものがあった。私はこれが人間の縁という、人間の知性では計れない、神の糸でつながれた人間の出会いかもしれぬと思い注射したのだ。注射を打つとき、私はこのリンゲル液が神の生命の液となることを祈りつつ打ったのだ。」

私は浪越博士の言葉に、尊い見えざるものの美しさを感じとったのである。

まったく奇跡的な死よりの生還であった。あれほどの重傷を負い、骨折はもとより、ひどい内出血による内臓器官の不全も七か月の療養で治癒した。体は、すべてもとのままの状態に回復した。しかし、この奇跡的な肉体の復活に対しての私の認識は、まだ浅いものであった。「神の、普遍的超越者の神秘の手によって救われた」という自覚を持つことは出来なかったのである。

ある時、浪越博士は私に、

「君が元気になったのはリンゲル注射だけではない、私たちには見えない偉大なる力が、神が君の生命を蘇《よみがえ》らせたのだ。私は医師だ。ただ、ほんのわずかな力を貸したにすぎない。君の肉体を復活させたのは、君自身の生きようとするたぐいまれな生命力と神の力によるものだ。君を車の下から救い出すために、積荷を降ろしてくれた青年団が通りかかったのも偶然ではない。神の意思だ。」

と言い、宗教の大切なことを説いて下さった。

10　病魔

家に、じっとしていて暮らしていけるほどの余裕はない。長い療養生活で、すっかり経済的にも底をつき、働きに出ねば生活が出来ない。しかし、健康が元に戻ったとはいえ昔のように重労働に耐えられる体ではなかったし、自信もなく、それに労働意欲も消失していた。かといって遊んではいられず、私は再び工場労務者になった。

働きだして二か月経つか経たぬうちに、再び私の肉体は病魔の襲うところとなった。ひどい黄疸《おうだん》で、全身が黄色に変色し高熱に悩まされたのである。鏡をみると、私の形相はふた目と見られぬほどに変貌《へんぼう》して、目は落ちくぼみ、頬はこけ、色は黄褐色を帯びて、二度にわたる多量の喀血《かっけつ》があり、四〇度を越える高熱が連日続いた。氷も買えないほどの貧乏のどん底暮らし。そんな地獄のような苦しみが一〇日間続いた。もう生きた心地もなく、〝治っても、廃人同様になるのではないか〟と、恐怖感に苛《さいな》まれるのだった。

しかし、そんな高熱と病気にうなされた日々が二週間ほど続いた後、私は嘘のように治ってしまったのである。まるで台風が、私の肉体の中を暴れ狂って吹き抜けていったようなものだった。しかし、私の肉体は無残そのもので、高熱ですっかり体の精気は失われ憔悴《しょうすい》しきっていた。老人のように朽ち果て、肉はげっそりとそぎとられ、頭髪は脱け落ちて、かろうじて呼吸しているだけの、生けるしかばねであった。

もとの健康な体になるには、かなり長い時間がかかった。ただされ不自由な身体の父親をかかえ、生きて行くのがやっとだというのに、私までが姉の世話になり養ってもらわねばならぬとは、どれほどの生活の重荷を姉が背負わねばならなかったか想像に余りあるものであった。

半年近くもかかって、ようやく私は健康を回復し働けるようになった。年も十八歳になっていたものの、姉には看病や病後静養まですっかり負担をかけてしまった。再び姉のはからいで、もとの製材工場の雑役夫に復帰させてもらえることになった。しかし労働意欲は湧かず、一日の勤めを終えて家に戻ると、ただ、畳の上にごろりと横になり、虚脱したように日々を過ごしているだけであった。もう貸本を読みあさったりする意欲もなく、ただ悄然としているだけであった。毎日が憂鬱《ゆううつ》であり、生活に疲れ果て、暗く惨《みじ》めな毎日で、ただ餓死を免《まぬが》れるために食べ、かすかに生きているだけのことである。そんな自分の状態を自覚すればするほど、自分が惨めで哀れで、〝これが人間の生きざまなのか〟と自問自答をくり返していた。

自分のような貧乏な人間の惨めさ、弱さ、常に奴隷のように働かねば食って行けぬ貧困生活。高等小学校しか学歴のない屑のような人間、手に職もなければ技術もない、知識も教養もない下層労働者。〝いったい、これから先も何が出来るというのだ〟〝生きる望みがあるというのか〟。私は思案すればするほど、わが身の貧苦を呪い、この泥沼のような、這い上がることもできぬ生活に暗然となった。こうした自己嫌悪、挫折、自暴自棄が、私の身も心もふさぎ、活気を喪失せしめていったのである。

11 自殺を決意

そんなある日のこと、私は製材工場で上役からいわれもない罵声《ばせい》をあびせられ、侮蔑《ぶべつ》された。無性《むしょう》に悔しく、家に帰っても思い出しては腹立たしさを覚え、いやというほど自分の惨《みじ》めさを知り、ひとりで涙をぬぐったのであった。〝もう俺なんぞ、生きていることは無意味だ、この世になんの幸せがあるものか。もう人間なんていうものに疲れた、あきあきした。俺はあの静かな死の国へ行こう、苦労も、苦痛もない、安らかなところへ〟。私は自殺を決意した。

その夜、父に夕食の膳を整えると、私は、

「ちょっと外へ遊びに出る」

と言って家を出た。遺書も書き残さず、父と姉に対して深く詫びながら夕暮れの町の中をさまよった。〝どこを死に場所にしようか〟と決めかねたが、足は自然に播磨屋《はりまや》橋を渡って桂浜に向かっていた。〝広い太平洋の黒潮の逆巻く中へ身を投じよう〟〝海のもくずになってしまおう〟と決心したのであった。浦戸湾沿いのセメント会社の工場を通ると、その中では夜間労働者たちがセメントの白い粉をかぶって忙しく立ち働いている。起重機の騒音、ベルトを回転させるモーターの音などがうつろに響く。そこで、奴隷のように、また蟻のように働いている労働者たちが、何と愚かしく空しいものに見えたことか。今、死に向かって決然と去って行く自分が誇らしく、ひどく偉くなったような気分になっていたのである。

　家を出たとき曇り空だったのが、急に天気が変わって大粒の雨が降って来た。私は岸壁の倉庫の深いひさしを見つけると、あわてて雨宿りをした。コンクリートの道端に腰をおろし、身をかがめて雨のやむのを待った。ひさしを伝わって雨水が滝のように流れ落ちて来た。空はいっそう暗くけむり、沖あいの船の汽笛も雨だれの音にかき消されて聞こえない。ただ雨だけが、無数の糸となって降りしきるだけであった。

　ふと、私の内部で何かひらめくのを感じた。〝今、おれは自分の死に場所をさがしに来ているのではなかったか。これから死のうとしている人間が雨に濡れるのをいやがるなんて、笑止千番《しょうしせんばん》な話ではないか〟。こう考えると、自分が愚かで滑稽《こっけい》に思えてならなかった。〝これから死ぬという人間が、なぜ雨に濡れるのを恐れ雨宿りするのか、気に病むことなどありゃしないではないか〟〝馬鹿なことだ、愚劣《ぐれつ》きわまる〟などと、己れの幼稚さ、愚かしい行為を自嘲した。そのうち、腹の底からおかしさがこみあげ、笑った、笑った、笑いころげた。馬鹿だ、馬鹿だ、涙が出るほど己れ自身がおかしかったのであった。

　もう自殺する気になど微塵《みじん》もなれず、私は何か胸につかえていたしこりのようなものが、すっかり落ちているのに気がついた。生きる元気が、肉体に心に湧きあがって来るのを感じとったのである。〝そうだ、快活に生きるのだ。何が貧乏だ、何が泥沼だ。おれは生きて、生きて、生き抜いてみせるぞ。みんな自分の作った理屈じゃないか、自作自演の役者じゃないか。結局おれは馬鹿だったのだ。馬鹿で生きる、それがいちばん気楽だ〟。今まで想像もしなかった熱い生命が、意欲が体じゅうに燃え上がって来たのである。

12　再出発　戦争　敗戦　希望

笑いこそ、生きる力。

その腹の底から湧きかえるような笑いは、私の敗北主義的な悲観論者的な暗い性格を一変させた。〝虚心《きょしん》になり、楽観的になり、陽気になって生きぬくことを悟った〟のである。それからというもの、私は快活になり、明るいほがらかな青年に生まれかわった。〝人間は、心の持ちようでどのようにでも変わり、世の中や社会に対する見方、意識も変革されるものだ〟と、しみじみ知ったのだった。世の中を悪、阿修羅《あしゅら》の世界として見つめ意識すれば、すべてがそのような影を落とし醜《みにく》く映る。要は心の意識のありようであり、座標の置き方なのである。

まるで梅雨空が晴れあがったように、私の冷えた心はにわかに温められ爽やかになった。私の周辺の人たちも、そんな私の変わりように驚き、以前よりもいっそう親しく私を迎えてくれた。仕事も順調で、会社内でも重用され賃金も良くなった。私は額に汗して、働きに働きぬいたのである。

昭和十二年の春、満二十歳を迎え徴兵《ちょうへい》検査を受け、昭和一六年九月に召集を受けて中国大陸に赴《おもむ》いたが病気になり、内地送還となった。そして大空襲、戦災、敗戦と目まぐるしく時が変転し、さらに、昭和二十一年十二月二十一日に襲った南海大地震に遭遇し、家屋はもとより家財道具の一切を失ってしまった。戦災で焼け出され、そして再び大地震と津波で、私の住む高知市は完全に廃墟となった。ただ、高知城の天守閣だけが焼け残ったのである。

戦災、敗戦、それに地震という天変地異。そして、財閥は解体され、巨大な資本主義は崩壊した。金持も無産者も、平等の民主主義の時代に生まれかわった。その手にした新円五百円がすべての元手であり資産であった。皆、裸一貫からの出直しである。能力さえあれば、誰でもが金持になれるチャンスなのだ。〝願ってもない絶好の機会だ〟、〝千載一隅《せんざいいちぐう》のチャンスではないか〟と、私は新たな再生を、再出発を夢見たのである。

13　病魔との闘い　自己嫌悪

私は徳島市へ出て働いた。徳島も戦災で焦土と化し、無残な町になっていた。しかし、四国の表玄関でもあるこの町は活気を呈していたのだ。私は、金になることなら何でもやった。貧苦のどん底から鍛えられた私の才覚はみごとに開花した。おもしろいように金を稼いだ。アイディアにおいては、人並以上の能力があったのか次々に発明工夫をものにして、労せずして大金を獲得した。酒の味も芸者遊びも覚え、時には得意になって大盤振る舞いもした。いつしか私は、物欲につかれた拝金主義に変質した人間になって行ったのである。

うたかたのように二十年が過ぎ去り、昭和四十年、私は四十八歳になった。その頃、世の中は高度成長期をむかえ、好景気が続いていた。が、そんな好景気とは裏腹に、私の健康は四五歳ごろから次第に病魔にとりつかれ、腎臓結石、心臓弁膜症、高血圧、それに直腸癌となり、病床に伏す日が多くなったのである。

病床で静かに眼を閉じて、この二十年間の己れの人生、生きざまの過ぎし歳月をふり返ると、何か空しさだけが残るのであった。人は物欲のため離合集散を重ね、虚飾に満ちたなりわい、味方の人間が一歩裏側にまわれば敵となっているような酷薄《こくはく》さが横行する醜《みにく》さに、私はいたたまれぬ悲哀を感じていたのである。確かに、私は若い頃の貧乏生活から脱出し、多少の資産も貯え、小さいながらも経営者にのしあがり、人からも羨まれる存在になった。しかし、結局は物欲に溺れ、見苦しく生きていたではないか、と、自己嫌悪に陥《おちい》ってしまったのだった。そして、病状は日増しに悪化していくばかりであった。

忘れもしない、その年の十一月二十五日。朝、洗面所で昏倒《こんとう》した。ふと意識が戻ったとき、私の枕もとには家族、それに医師と看護婦がじっと見まもっていた。医師は、「何かあったら、また電話して下さい。もしも今夜、こんな容態になったら危ないですから」と、言い残して立ち去ったのである。その医師の不安を裏書きするように、夕刻、再び発作を起こし、まったくの意識不明の状態になった。家族の者が医者に再々電話しても往診中で連絡がとれず、ただオロオロし、不安焦燥《しょうそう》に泣きわめくだけであった。

どれほどの時間が経過したことであろうか。私は静寂な眠りの中にいた。やがて、呼吸、心臓が弱まり、鼓動が乱れていくのを感じた。家族の話し声も遠のいて、しだいに消えてしまったのである。誰か私の体に触れるかすかな感触を覚えたが、しかし、それも感覚のない世界の出来事のようであった。〝もう、私もこれで終わりだ。この世の中には何の執着もない。あの物欲の、醜い世界へ再び戻るのはご免だ。このまま静かに眠り、安らかな自由なあの世へ旅立ちたい。私は、これで救われたのだ〟。われとわが死を歓迎した。生への執着も未練もなかったのである。むしろ、〝死の世界へ行くほうがどれほどの幸せか〟と思った。

そう覚悟すると、急に安らぎを覚えたが、突然、妙な意識が蘇《よみがえ》ったのである。〝私は今までいったい何を残して来たのか。世の中に何をしたのか。悲しみや苦しみに傷ついた人々を一人でも幸せにしただろうか。人の苦悩を救ったか。善を施し、ひとつでも徳を積んだか。世の中の、社会の有用な人間であったか〟。こうした激しい問いかけが、雷鳴のように体じゅうを駆けめぐった。その瞬間、閃光が体中を突き抜け、己れの肉体が光の玉となって輝くように感じたのである。

14　三度目の蘇生

「わしは神の子だ！」

と叫び、蒲団の上に突如として立ちあがり両腕を振り上げ、そしてドスンと座った。その瞬間、病気はたちどころに消滅してしまったのである。三度目の奇跡。かたわらで、私の最後の息を看取った家族のいる前での蘇生《そせい》であった。医師が、心臓発作と動脈硬化で余命がないものと判断した矢先の出来事だった。何と解釈、どう説明すればよいのか。こんなことが、「生涯三度にわたって起こる」とは、誰もが信じがたい不思議なことである。私自身ですら

〝信じがたい、奇跡的な現象〟という以外に説明のしようもないものである。現実に、事実、生き返ったのである。私は、死から蘇《よみがえ》ったのである。なぜかわからない、本当にわからない。一切の病気が癒え、一瞬にして全快したのだった。そんな不思議なことが実際に起こり得るのであろうか。しかし、これは事実なのだ。現実に生起し、奇跡が行われたのである。

私はこう信じる。〝この「青木盛栄」という男を生き返らせた神、天の普遍的超越者は私の中に生き、私に新たな息吹きを、生命を与えた。もはや私は一個の俗称の青木盛栄ではない。神の子として、病める人間を、悩める魂を救うために、神は私を再生させたのである〟と。

〝聞こえぬか、静かな夜のとばりの奥から、家々の窓のなかから、あの悲しげなすすり泣きが。誰かが救いの手をさしのべ、その傷ついた心を癒し、なぐさめてやらねばならぬ。誰が、誰の手で……〟。青木盛栄の手で、私でない私が、神によって再生された私が……である。

今にして思えば、私の三度に及ぶ蘇生、そして悲惨な貧窮生活、戦後のにわか成金など、すべてが厳しい神の試みであった。そして、その中で生かすことを通して、神は私の魂の自覚を辛抱づよく待ったのである。この地球上の数十億の人間の中から、生ける生命の中から私を選んだのである。神は、私のまことの言葉を、善の力を、愛を、再生された私の新たな生命とともに、細胞の中に息吹かせたのである。

15　神あらわる

死の淵から生還し、再生された私は、人間がすっかり変貌した。もはや、物欲にとりつかれた現実とはかかわりを持ちたくはない。工場経営も放棄し、整理してしまった。私には、一刻一瞬を惜しんでしなければならぬ、天の使命、神の至上命令があるのだ。この世に神の栄光を、愛を宿し伝え生かさねばならないのである。徳島の町では、私が死から蘇《よみがえ》った噂がしきりであった。

そのころ、私は某宗教に知人がいて入信をすすめられていた。そこで発行している機関紙に、私のことが大々的に報じられたのである。そして私も、いつしかその教団の布教者にさせられてしまっていた。いわゆる宗教というものに無知であった私は、頼まれるままに演壇に登り、体験談を披露した。そして、不思議な現象がその布教先の会場で次々に起こったのだ。私の話を聞いただけで、全身不随《ふずい》のリュウマチ病みであった婦人たちが一瞬にして膝の関節が屈曲し歩行が出来るようになった。また、白内障の老人が治った、額のコブが消えた等々。会場はどよめき、治った人々は感泣したのである。

私を「神の子」と呼び、「神あらわる」と宣伝し始めた。私の話を聞くだけで、いつ、どこでも奇跡が起こり、骨折もリューマチの関節もたちどころに治ってしまったのだった。五十人、百人、二百人と、病める肉体を快癒《かいゆ》させ、医術以上の効果をあげた。教団では、私を日本全国に行脚《あんぎゃ》させ、その奇跡力をもって入信者の拡張をはかり、宣教活動の先兵とした。しかし私は、自分の持っている能力が信じられぬまま〝これで人が救えるならば、気安いことだ〟〝私が役に立っているならば〟と、何の不満もなくその教団に奉仕していたのである。

二年が過ぎた。私の周辺は、かつての物欲にとりつかれた世界と変わらぬようになった。私は、〝相手は宗教者であり、善人そのものの神のような人々の組織である〟と思っていたが、それは間違っていたのである。裏では醜い争いがあることを知らなかった。私は教祖ではない、生き神ではない、英雄でも偶像でもないのである。ついに私は、その宗教の教団から逃げ出したのだった。

16　神の意のままに　新たな出発

私は、すべてがわずらわしくなり独りになりたかった。ある日、突然、誰にも行先を告げずに旅に出た。思索《しさく》の旅であった。野山を歩き、海を見つめ、空を仰いだ。〝これから先、どう身を処すべきか〟〝このままでは生き神、生き仏にさせられ、醜悪《しゅうあく》と物欲にまみれ、自滅してしまうだけではないか〟〝自分の奇跡力は自分のものではない。神が生命とともに与えてくれたものだ。これを利用して物欲に染まり、安楽に生きようなどと考えることは絶対にすべきではない。もしもそんなまねをすれば私は神から鉄槌《てっつい》を食らうことは必定である。いや、即座に生命を消されてしまう。与え、与えて、与えつくして、求めてはならぬのだ。神の愛のように、ただひたすら与えることだけにしか生きる術《すべ》はないのだ〟と、己れ自身を悟らせたのである。〝神の意のままに己れを生かすことに徹しよう〟と決意した。

私は、学問もないし知識にも乏しいが、これからは、〝宗教とは何か、人間いかに生くべきかを問い、人に道を説き、己れに徳を積み、生きていることが神の行であるような生活をすべきである〟〝己れの人間性を練磨し、まことの知識を身に帯びてゆかねばならぬ〟と。

五〇日余りの旅から帰宅した私は、家の者たちを集めて自分の心境を訴え、理解を求め、これから先の身の振り方を説いた。しかし、一向に理解が得られないのである。私の純粋さを援助しようとはしないのだ。私は、〝もう、自分の意志を曲げてまで周囲の意向に従う気持はない。そんなことで妥協すれば、私自身の身の破滅だ。奇跡の力も失い、神から見離されて老いさらばえて死ぬ。いや、即座に殺されてしまうのだ。私は神にたいして従順でありたい〟と願った。神を恐れたのである。私は私ではないのだ。神に操られた人間であり、神の愛を行う下僕《げぼく》であり、神の子だという自覚が先に立ったのである。

そして、私の心も意識も肉体もすべて清朗になり、雲ひとつない空のごとき心になった。まるで、こんこんと湧き出る清水のように、神の言葉が、英智が、私の口舌《こうぜつ》にのぼるようになったのである。私の手は、いっそうの神秘力を持ち奇跡を生むようになった。神は私とともに在り、ともに生きているのだ。

第三章　究極の染めをめざして

1　染めの師を求めて

Ａ先生との出会い以来、本格的な染めの道を極めてみたいと思い、その道に詳しい知人に話をしてみた。そして、その知人に京都の染めの巨匠である上村一竿《うえむらいっかん》先生を紹介されることとなり、紹介状を持ち私は先生のお宅を訪れた。専門家の先生にお会いすることは生まれて初めてのことであり、ことさら緊張した。先生は、まず私の着ている着物を誉めて下さった。緊張をほぐそうとしての思いやりの心であった。優しく思いやりのある父親のようなお人柄に接して、張り詰めていた心は和《なご》み、〝この先生についていこう〟と、心に決めたのであった。

染めの決めごとも何も分からない初歩の初歩からの出発で、

「まず、墨絵を習い、筆運びの勉強をするように……」

と勧められた。

「今の世の中には技術も優《すぐ》れ、綺麗な物を創る人は大勢いる。そういう物創りは皆に任せておいて、あなたは技術よりも、温かみのある心を大切に、自分の持っている才能を活かしきって、自分なりの物を創り出していくように……」

と指導された。そして、

「技術を教えると、あなたの持ち味を壊すから教えないことにするが、物創りの精神を教えるから、時々、京都に出てくるように……」

と親切に言って頂いた。

今まで暗く沈みがちだった心の中に、ポッと明かりが灯り、希望が湧いてくるようになった。自分なりに創作しては、京都の先生のもとへ送った。先生からの返事には、

「小さくてもキラリと光るものを感じる。それはダイヤモンドの光のようなものだ。素晴らしいものを内に秘めているから、しっかり才能を発揮するように……。将来がとても楽しみだ」

と記されてあり、それが何よりの励ましであった。

（一九六八年）

2　無一文　無一物

その頃、夫の事業の経営も思わしくなくなり、会社は倒産した。

「今後のことを友人の所へ相談に行って来る」

と、出かけて行った。

「いってらっしゃい」

その言葉が、二十年間一緒に暮らした夫との最後の別れとなった。〝さようなら〟の、ひとことも交わさずに……。莫大な借金が残されていた。私は何をどのように受け止めてよいのか、突然、奈落の底に突き落とされたような、目の前が真っ暗になり全身の力がすっかり抜け落ちていくような無力感を味わっていた。しかし泣いてばかりもいられず、住み慣れた松山の地を離れることにした。庭には、チューリップの花々が色とりどりに美しく咲きほこっていた。春の盛りであった。

債権者の方々には、誠意をもってことの処理に当たることを伝えた。生まれて初めての出来事に遭遇《そうぐう》して、それからは苦難の連続であった。その時、私は『物の資産は一瞬にして無くなる』という、無一文・無一物を身をもって体験した。〝心の資産がどれほど大切か〟ということも……。信じるものに裏切られ、悲嘆のどん底にいる私には、励ましや暖かい援助や人の情が身にしみてありがたく嬉しく感じられるのであった。今まで楽しみながらの趣味にすぎない染色であったが、私は〝染色で立ち直ろう〟と心に決めた。

3　染色への道

〝染色で身を立てよう〟と心に決めて、京都の上村一竿《うえむらいっかん》先生を訪れることにする。そのころ、先生も息子さんが不渡り手形を出し、その債務を被《かぶ》られて京都の家を売って長岡京に住居を移されていた。同じような苦しみに同情され、先生の工房の一隅を使わせて頂くことになった。そのうえお昼の食事まで食べさせて頂き、その暖かい想いには、先生はじめ家族の方々には今でも感謝の心でいっぱいである。人の情けが身にしみる。〝頑張らなければ……〟と、自分に言い聞かせる。時にはくじけそうになる弱い心に鞭打つように頑張った。住む家もなく、実家にいつまでも身を寄せていることは出来ない。

今まで、対等にお付き合いしていた松山の知人に頭を下げて、

「何か染めさせて下さい」

とお願いをして歩いたりした。言いようのない侘《わび》しさ、悔《くや》しさでいっぱいになる。これまでとは天と地ほどの差。今までに味わったことのない生活が始まった。

そのような状況の折、徳島のA先生から毎日のように励ましの手紙が届く。

「苦労をもて遊ぶ心になれ。夫を恨むな。二人の息子を貰ったことを喜べ」

「莫大な借財を残して逃げた卑怯な夫ではあるが、感謝せよ」

しかし、その時の私には、そんな広い心には到底なれなかった。お金もなく、住む家もない。その上に借金が山ほどある。精神的苦痛、金銭的苦痛、肉体的苦痛が一度に押寄せている時、恨《うら》みこそあれ夫に感謝する気持など微塵《みじん》もなかった。どん底の貧しさ。惨めな悲しいつらい思いが込み上げて、暗闇の中へズルズルと落ち込んで行く。

二ヶ月が過ぎた。やっと小さな家を長岡京に借りることが出来、親子三人で移り住んだ。慣れない自転車に乗って、幾度か転んで傷だらけになりながら上村先生の染色工房に通う。この年は大変に寒い冬で、毎日のように雪が降り、吹雪の中を、自転車で二〜三十分のところを全身まっ白になりながらペダルを踏んだ。膝の上には沢山の雪が降り積もり、自転車から降りるとバサッと音がするくらいの量であった。南の地での生活に慣れていた私にとって、京都の寒い冬はいっそう辛く感じられたのであった。

生まれて初めて、自分で働いて生活費を稼がなくてはならない。病気などしてはいられない状態になって、フッと弱かった過去の自分を思い出す。何不自由のない生活にすべてが満ち足りていて、夫に感謝することもなく当たり前のように生活をしていたことに気がついた。精神も肉体もすべてが未熟であった。こうした苦境の中で生きている自分を発見して、なぜか嬉しさが込み上げて来る。〝やれば出来るのだ。自分の持てる限り力を出し切って頑張ろう〟と、自分で自分を励ます日々であった。

4　債権者会議

松山の債権者の方々には、〃誠意をもってことの処理に当たろう〃と心に決めていたので、月に一度は松山を訪れた。夕方まで仕事をして息子たちの夕食を作り、夜の九時頃に関西汽船で大阪の南港《なんこう》を発ち、松山には早朝に到着する。それまでは飛行機を利用していたが、費用がかかるので、今まで乗ったことのない一般乗客の三等船室。人ひとりがやっと眠れるだけの狭い場所を与えられ、両側を男性に囲まれて、手や足が触れるのを恐れ一睡も出来ぬままに朝を迎えるようなありさまである。港に着くと、早速、道後温泉へバスで直行する。手足を伸ばして湯船の中でホッと一息つく。程よい湯加減に張り詰めた心は次第に緩み、その時の私には最高の贅沢《ぜいたく》でもありゆとりの時間でもあった。

〃債権者になど会いたくない〃と、フッと弱い心がささやく。今まで箱入り奥様であった私は会社経営のことなど何ひとつ知らず、別世界のことのように思っていた。私が事業をやっていたわけでもなく、解らないことばかりで〃どのように相手と話し合えばよいだろう〃と、あれやこれやと恐怖心が心の中いっぱいに広がる。強く罵《ののし》られることは目に見えている。重い足を引きずるようにして、主だった方々の集まるところへ出向く。

債権者の方々は、私に向かってそれぞれの想いをぶちまける。激しい口調で私を責め立てる。私は泣くにも泣けず、歯を食いしばって我慢をする。小さな小鳥が、真っ黒なカラスの群れに突つかれ噛みつかれて怯《おび》えているような姿であった。

「次の債権者会議に、また来ますから……」

と、最後まで誠意を尽くすことを約束し帰りの汽車に乗り込む。手帳を取り出して、死ぬよりも悔しい悲しい胸の内を書き留める。〝今に見ておれ、世界的な芸術家になってきっと皆を見返してやる〟と、心の中で固く誓うのであった。

5　人生の再出発

〝個展を開こう〟と決意した私は、創作活動に死に物狂いで打ち込んだ。徳島城跡の二百畳もある千秋閣を、A先生は知人の新聞社を通じて用意をして下さった。新聞社の強力な応援もあり、その広すぎる会場を〝埋め尽くせるだけの作品を……〟と、昼夜を問わず染めに打ち込んだ。財産も夫もなく、仮住まいの苦しい生活の中で、仕上がった作品を売らずに溜めておくなど並大抵の精神力・忍耐力では乗り越えてはいけない。〝再起したい〟と想う意欲、光を求め、〝道を切り開きたい〟と、何よりも展覧会にかける想いが強かった。

人とは違ったものを……と、作品に地方色を出すために、徳島の阿波踊り、鳴門《なると》の渦潮《うずしお》など、時間の許す限り徳島へ出向き、自分の目と耳、全身全霊で感じ学び取った。徳島の阿波踊りには、全国各地から何万人という人々が訪れ熱気で溢れる。私はその人込みで揉みくちゃにされながら、人を掻《か》き分けながら阿波踊りの列について回った。〝この踊りをローケツ染めに……〟と、イメージを掴むことに必死であった。また、船に乗り、恐ろしい思いをしながら鳴門の渦潮も見学に出かけた。逆巻《さかま》く渦の中に、今にも巻き込まれてしまいそうな強い衝動にかられる。その渦の中に溶け込み、ひとつになった想いをビロードに染めて表現し、額が出来上がる。さらに、鳴門の渦の中に阿波踊りを踊る人のシルエットを浮かび上がらせて、幻想的な作品が完成した。暑い、暑い夏であった。

展覧会は気候の良い秋に開かれた。帯をメインに、着物・屏風・額など、数多くの作品を展示することが出来た。同じ建物の別の場所では茶席が設けられたり、菊の展示会もあったり、秋の催しが行われ、私の展覧会場にも大勢の人が足を運んで下さった。来場された方々は、地方色あふれる作品の数々に思った以上に喜ばれ、

「記念に……」

と、多くの方が買い求めて下さった。

夫の会社が倒産し、すべてをなくしてからわずか半年、自分でも〝よく頑張ったものだ〟

と思う。ボロボロになった精神と肉体のコントロールが出来るようになったのも、前向きに生きる力が持てたのも、挫《くじ》けそうになる弱い心を励まし立ち直らせて下さったA先生の強い想念のお陰であった。物質的なものはすべてなくし、貧乏のどん底。その上、債権者への借金が沢山残されている。過去を知る人は、立ち直った私の姿を見て驚いた。奇跡とも思えるほどあまりにも早い再起であった。自分でも驚くばかりである。人間、捨て身になればどのような困難も克服できる。〝すべて天が操っているのだ〟と感じるようになった。個展の奇跡的な成功もあって、心の中にも少しゆとりが生まれた。

（一九六八年）

6　魅せられて

さりげなく器に盛り付けられた薄味の京風料理は、その家の奥様の、人に対する想いが込められていて、心に染みるような美味しいお料理であった。それまで私は忙しい日々を送っていて、落ち着いて料理を味わうことなどなかった。京都の御所の近くに居を構え、デザイン会では有名な先生との初めての出会いに緊張して硬くなっていた。

やさしく暖かく包み込むような先生ご夫妻の雰囲気に、次第に溶け込んでいったころ、古い小さな布切れを見せて下さった。その布の色調に、私の心は捉《とら》えられた。お茶の世界の〃わびさび〃の色。何百年も前のものであろうか。遠い南の国から、はるばる日本に渡って来た更紗模様の小さな布。松山の東雲《しののめ》神社で見た能衣装とはまた異なり、その色と模様は素朴な味わいの中に、エキゾチックで不思議な魅力を放っていた。この時以来、私はすっかり更紗のとりこになった。

京都にはローケツ染めの大家の先生は数多くおられたが、私が以前から心惹かれていた手描きによる更紗染めをされている方は、ほとんどいないに等しいと思われた。染めの技法は、手描きから簡単な型染めへと発展してきた。しかし更紗本来の深い味わいを出すものとしては、やはり手描き染めに及ぶものはない。しかしながら手描き更紗は、その手法・技術の難しさと手間がかかりすぎるために、わが国では衰退の一途をたどっている。私は、手描き更紗が埋没してしまうことが惜しく、当時、日本では誰ひとり取り上げる者のいないその技法を掘り起こすことに心を決めた。すべてを失い大きな試練に立たされた中で、私は自分の生かされている意義を悟り、〃今までに、どこにもない独自な更紗を開拓し、後世に残るような芸術性の高い作品をつくり出そう〃と決意した。

志はまことに立派であっても、現実には莫大な借金を抱え、身動きも取れないくらい厳しい生活が続いていた。新しい物づくりへの挑戦。それは背水《はいすい》の陣を布き、前に向かって前進するのみである。考えに考えた末、日中は生活のために上村一竿《うえむらいっかん》先生の工房でローケツ染めの仕事をさせて頂いて、夕方帰宅し、息子たちの夕食を済ませた後、更紗《さらさ》の研究をすることに決めた。

その頃はまだ更紗の本や資料は乏しく、古渡《こわた》り更紗を古本屋さんで見つけての研究である。更紗とはどういうものかという確かな知識もなく、ただ霧の中を手探りで歩いて行くようなものであった。

「更紗を手描きで描いている方はいないものか」

と尋ねまわったが、なかなか見つからない。〝独学でやってみるしかない〟と心に決めるが、まるで雲を掴むような状態である。

7　チャンス

上村一竿《うえむらいっかん》先生から、京都で紅型《びんがた》の大きな工房を持つK先生を紹介された。初めて訪れた工房では、多くの若いお弟子さんたちが生き生きと仕事に取り組んでいた。活気に溢れた染めの世界。沖縄の紅型《びんがた》からの流れを汲むものであろうか……。彩《いろど》られていくその色彩は、南の島の明るい雰囲気をかもし出していた。

K先生より、

「白生地《しらきじ》を一反《いったん》、あなたに預けるから、自分の想った通りに描いてみなさい。」

と、筆一式と墨・染料などの材料すべてを、縮緬《ちりめん》の白生地と共に提供して下さった。初めて本格的な更紗模様を絹地に描くことに私は緊張し、〝失敗は許されない〟と思った。古渡《こわた》り更紗の模様を組み合わせて描いてみることにする。

墨を長時間かけて濃く磨《す》り、それぞれの図案を面相筆《めんそうふで》という人形の面《おもて》を描く一番細い筆を使って描いていく。一反の布の上にびっしりと、それでいて一筆一筆、丹念に描き詰めていく。油断をして筆に染料を付け過ぎると、パァーと色が滲《にじ》み出す。神経を張り詰めての仕事であった。色彩も好きな藍《あい》を主体にして、来る日も来る日も細かい模様を彩色していく。日中は蝋《ろう》臭い工房の一隅で、蝋の煙にまみれながら人様からお預かりしたローケツ染めの仕事に没頭する。夜だけの創作・研究であったが、必死で更紗の世界へ没入した。

その頃、一竿先生は体調を崩されて療養中であった。そして、数ヵ月後にはこの世を去って逝《い》かれた。親のように慕っていた先生に、もっともっと生きていて欲しいと強く願ったが、悲しい別れとなってしまった。先生からは、

「技の染色をする人間は数多くいる。綺麗なものを染める人も大勢いる。技術よりも心で作品を創るように……」

と、絶えず教えられていた。一竿先生は亡くなる以前に、新潟の大学で学長をされている上村《うえむら》六郎先生に、私のことを頼むと手紙で紹介をして下さった。それ以来、上村六郎先生とのご縁に恵まれて、未知なる数多くのことを学び取ることが出来るようになっていった。

上村《うえむら》六郎先生＝明治二七年一〇月一〇日新潟県に生る。京都帝国大学、工学部工業化学教室にて染色学および繊維学を修める。多くの大学の教授・学長を歴任。理学博士（京都大学）。京都文化院賞、勲四等旭日賞受領。国内および外国の調査・研究六〇年に及ぶ。

8　研究

西の空が茜《あかね》色に染まり夕闇が迫る頃、自転車のペダルを踏んで工房からの帰り道にマーケットに立ち寄る。急いで買い物を済ませ、疲れた体に鞭打ちながら夕食の支度をする。以前のようなご馳走はなかったが、息子たちは何ひとつ文句を言わない。狭い台所でお鍋やお皿を持っては、〝どこへ置こうか〟とウロウロしている内に、疲れた体や頭を自分でコントロールが出来なくなる。〝どうして私だけ、こんなに苦労をしなければならないのか〟と、消え去った夫が憎らしく思え、手に持ったお鍋やお皿を投げ捨てたいほどの苛立ちに襲われる。イライラと荒れる気持を静めるのに苦労し、そして反省する……。そんな思いの繰り返しであった。

ホッとする間もなく、夜は更紗の研究に取り組む。〝何とかしてものにしたい〟という一心で夢中で筆を運ばせていると、もう十二時をまわっている。筆を置いた指は、すぐには戻らない。酷使《こくし》した指を、一本、一本、撫でながら伸ばしてやらないとコチコチに硬くなってしまう。台所の後片付けをして、明日の息子たちのお弁当のお米を研ぐ。お風呂に身を沈めて、凝り固まった指や腕を揉みほぐすのが日課となった。

そして、よく働いてくれた自分の肉体に感謝する。過去の私であったら、このように肉体を酷使すれば、すぐに寝込んでしまっていた。しかし、不思議なことに、心を強く持ち、明るく希望に向かって前進していることが、病の心を一瞬にして消し去ったものと思われた。すべて自分の心が作用していることを、改めて認識出来るようになった。

9　家の売却

倒産して一年ほどたった頃、銀行から
「持ち家の買い手が付かなければ、競売《きょうばい》される日が二週間後に決まりました。」と通知があった。競売にかけられると、とても安く買いたたかれ、債権者に支払う金額も少なくなる。債権者に迷惑をかけることになっては、今までの私の誠意も通じなくなる。もう、祈るしかなかった。それから間もなくして、

「買い主がやっと見つかりました。すぐ来て下さい」

との知らせを受け取り、安堵《あんど》の胸をなでおろしながら、債権者の集まる松山の銀行へ大阪から夜の船で直行した。

ところが、約束の時間が来ても買い主は現れない。苛立ち、ざわめきが起こる。

「どうなっているのだ」

「皆を集めておいて、騙《だま》したのではないか」

と、激しい口調で詰め寄られ、私は何が何だか分からず大勢の債権者の喚《わめ》き声に冷や汗が滲《にじ》み出て、胸は苦しく頭の中がボーっとして今にも倒れそうになり、その場にいることが苦痛になった。お世話をして下さっている市役所の社会福祉の方に問い合わせると、

「家を購入するのにお金が少し足りず、時間も間に合わなくなり、明日まで待ってほしい」

とのことであった。債権者の方々に伝えると、

「明日と言っても、あと一日」

「本当に返せるのか」

と、口々に悪口を浴びせながら引き上げて行った。私はただオロオロするばかりで、どうしてよいのか分からなかった。ガックリと肩を落とし、足を引き摺《ず》りながら明日を祈るしかなかった。〝すべてがうまく運びますように〟と、天に祈り奇跡を待った。あと、二日で競売されるのである。

次の日、同じ銀行にまた皆が集まった。まだ買い主は現れない。私は身の細る思いで息を詰めて座っていた。市役所の方の話では、

「昨日の人は、とうとうお金が足りなくて間に合わなかった。家はとても気に入っていたが……」

とのことであった。縁がなく、致し方のないことである。そこへ、なんと、新しい買い主が現れたのだ。〝たった一日で、よく新しい買い主が見つかったものだ〟と、皆、不審に思った。しかし、偶然にも、世話をして下さっている方のところへ、新しい買い主さんが訪れ、

「山が売れて、今から銀行へ行くところだ」

と話された。金額を尋ねると、ちょうど家の売価と同額であった。

「それなら家を買わないか」

と、早速、商談成立。奇跡としかいいようのない出来事である。〝僅かの時間に決まるなんて……〟。私は、〝天が助けて下さったのだ〟と思った。別にあった土地も全部売れ、その買い主も同席していた。債権者の顔に、やっと安堵の色が浮かぶ。苛立ち始めていた矢先のことであった。

債権者は、それぞれが、かつて夫が振り出した手形を出し私の目の前に置いた。手形などというものは、生まれて初めて見るものである。私は恐る恐る手に取った。〝苦しめられた手形……〟。頭の中が一瞬空白になる。空白の状態のまま手形の金額を現金に替え、言われるままに印鑑を押した。すべて銀行の方に指図されるままに手続きを済ませた。

10　誠意は必ず通じる

思いがけないことが起こった。債権者の方々が、話し合いの上、いくらか出し合って集めたお金、五十万円を、私の誠意に対するお礼と言って手渡されたのである。

「息子さんたちの教育費もいるだろうから……」

との思いやりであった。そして、肩を叩いて、

「これからも元気で頑張りなさいね」

と、嬉しい言葉をかけて手を握り、皆それぞれに帰って行った。銀行の方々は、

「こんな解決は、今まで経験したことがない」

と驚かれた。私のしたことは間違っていなかった。大阪~松山間、夜行の船で辛い思いをしながら通《かよ》ったことも、激しい悪口雑言《あっこうぞうごん》をあびせられたことも、もう過去となったのである。

一点の曇りもない青空のような清清しい心。〝やったのだ、私はやったのだ。天よ、ありがとう〟そして、今日の日の成功を祈り続けて下さっていたA先生に感謝の想いでいっぱいになる。債権者からお礼として受け取ったお金は自分のものにせず、そっくりそのままA先生の元へ届けることにした。〝これだけのお金があれば私の生活も楽になる〟とは思ったが、自分のものにしてはいけない、お金は働けばまた出来るとの思いが先にたった。醜いドロドロとした解決ではなく、清清しい解決が出来、私の今後の人生に自信が出来た。天のなすまま、自然の法則に従ってよかった。欲の心を捨て切れたお陰であった。そして、『物は一瞬にしてなくなる』ということも、『誠意は必ず通じる』ということも、身をもって体験することが出来た。天の与えた大きな試練をひとつ乗り切れたことは、何にも増しての喜びであった。

心に掛かる雲も晴れて、真剣に更紗の研究に打ち込めるようになった。

11　手描き更紗　初めての着物

何ヶ月もかかって仕上げた最初の更紗の着物を、生地を提供して下さった紅型《びんがた》のK先生のところへ持って行った。しばらく待っても買い手がつかず送り返されて来た。貧乏な生活の中での研究であり、食べたいものも食べられず、夜遅くまで頑張ったのに惨《みじ》めな結果となり悔しかった。

しかし、私はくじけなかった。次の生地をお借りして、今度はすっかりイメージを変えて更紗らしく金茶色にまとめてみることにした。夜更けてからの研究であり、やはり何ヶ月もかかった。〝今度はきっと気に入ってもらえる〟と予感した。その通りであった。先生はとても気に入られ、買い手もすぐに現れた。

「お金に困っているだろうから……」

と、多額の金額を手渡され、私はびっくりした。その頃の、サラリーマンの初任給の三ヶ月分くらいの高額であった。やっと報われたのである。

最初の着物は売れなかったので、その分の生地代をお支払いして、それは私が引き取った。今思えば、最初の着物が売れなかったのは、天が私を試されたように思われる。〝心を引き締め、何度でもくじけずに挑戦せよ〟との、天の教えであった。後に、その着物は婦人倶楽部に、作家の着物として紹介されることとなった。

12　深い想いの愛（松山美術館オープン記念）

ローケツ染めの仕事も次第に減らして、更紗一筋で頑張ってみることにした。どこかへ出かけることもなく、来る日も来る日も、薄暗い部屋で細かい模様を描き続けていると、自分のしていることが良いのか悪いのか分からなくなってくる。一筆、一筆、長い一反《いったん》の生地に隙間なく描き連ねていることが不安になり、その上、色彩が多色であるために、今、彩色したその隣に何色を持ってくればよいのか迷いが始まり、ついには苦しみに変わる。話し相手もいないたった一人きりの部屋で、ノイローゼ気味になることもしばしばであった。誰も相談する人もなく、挙句の果ては生地を引き裂いてしまいたいほどの衝動にかられ、〝気が狂うのではないか〟と思うほどどうしようもない気持を抱えた日々が続いた。

お寺で座禅の修行をしているかのような毎日だった。耐えること、根気・気力・努力、その結果が一反の更紗となって仕上がる。

自ら「ありがとうございます」の感謝の言葉を、お念仏のようにつぶやきながら筆を進めることによって、気持が随分と楽になる。私はひとりコツコツと更紗を描くことにより、まず忍耐と根性を養うことが出来るようになった。精神のコントロールも学ぶことが出来るようになり、更紗は私にとって『人生の師』のようなもので、人間形成にどれほど役に立っているか分からない。クタクタに疲れることはあっても、今までのようにはすぐに熱を出さなくなった。健康で仕事が出来るのはありがたいことである。

そして、また次の挑戦が始まった。

「美術館オープン記念の個展を開いてみてはどうか」

松山の愛媛新聞社の文化部の方から知らせが入った。愛媛の市民がかねてから念願して来た美術館がやっとオープンする。私も松山に在住の時はその想いが深く、染めの額をチャリティーとして寄付をしたりして、オープンする日を心待ちにしていたのであった。そのような晴れがましい日に、その地を遠く離れた私に声をかけて下さった方たち、人の愛とその想いの深さに涙が頬を濡らす。

「嬉しい！」

喜びが全身に広がる。〝よし、やってみよう〟。債権者の問題も解決している今、恐いものも不義理なことも一切なかった。

未来に向け、希望を持って迎えた晴れやかなオープンの朝。今までの苦労が報われ、そして会期中も沢山の方に来て頂き、個展は大成功の内に終わった。

13　南十字星の輝く島

「行方不明の夫の居所がわかった」

と知らせてくれる人がいた。〝会って恨みの一言でも……〟と思ったが、かえって自分自身が傷つくことになると思い、会わずに離婚することにした。二〇年も共にした夫婦が、このようにあっけない別れになるなんて考えてもみなかった。さよならの一言も言わずに……。人生とは、このようなものであろうか。

過去にけじめを付けるために、上村六郎先生を団長とした、染色家、大学教授、民族音楽・民族衣装の研究家。それぞれの分野で名のある方々のグループに加えて頂いて、インドネシア地方のジャワ更紗を訪《たず》ねる研修旅行に参加した。

南十字星の輝く南の国は、日本での嫌な出来事をすべて消してくれる島であった。ブーゲンビリアの花は美しく咲き乱れ、ホテルの中はジャワ更紗のタペストリーで綺麗に飾られ、エレベーターの壁面もすべてジャワ更紗であった。そこで働く男性も女性も髪には花を飾り、更紗の布を身にまとっていた。ホテルでは、上村六郎先生を講師としてその地方の文化・染色・民族音楽・民族衣装についてのゼミも開かれ、それぞれの分野で名のある方々と肩を並べて学ぶ。また、更紗の工房も次々と訪ねまわった。

ボロブドール遺跡を訪れた時は、飛行機の故障で、着いたのが夕方近くになっていた。この遺跡は、九世紀頃にジャングルの奥深く閉じこめられてしまって、発見されたのは千年余りもの長い年月が流れ去った一九一四年のことだと聞いた。その間、密林の中で誰の目にも触れず静かに眠っていたのである。多くの謎を秘めて私たちの前にそびえるボロブドール。彫刻されたものとも思えぬ表情豊かな回廊の石仏《せきぶつ》たち。その動きさえも感じられ、それぞれの語らいの雰囲気がひしひしと伝わってくるようである。上にあがるための石段は、一歩一歩、注意しながら上っていかないと危険なほど急な傾斜になっている。

丸い釣鐘のような形をした石を菱形に窓のように切り抜き、目透かし格子状に石積みされたその中には仏像が安置されていた。その丸い形をした仏塔は無数にあり、私はその見事な造形美に思わず息を呑んだ。あまりの素晴らしさに圧倒されて声も出ない。遥か遠く果てしなく緑の密林が延々と広がり、忍び寄る夕闇の中へ包み込まれようとしていた。千年の歴史を秘めたボロブドールは、私の魂を揺さぶり感動はいつまでもいつまでも続いた。ヒンズー教の石仏《せきぶつ》も、高く聳《そび》える椰子《やし》の木も、見るものすべてが私には更紗の研究材料であった。私は、それらすべてを貪欲《どんよく》に吸収していった。特にバリ島は、傷ついた心を癒してくれるのに十分な雰囲気を持っていた。先生方がチャーターされたタクシーに私も便乗させて頂き、奥地へ入って行くと、ところどころで花祭りのようなものに出合う。村の人々は宗教心が厚く、銀のお盆の上に美しい花を飾り色々な供え物を載せ、頭の上に掲げて歩いている。神に捧げる花祭り。何故か心に残る美しい祭りであった。夜は椰子の木の間に輝く南十字星を眺め、バリダンスのショーを見ながら楽しい食事のひとときを過ごす。

夢の中の出来事のようで、日本での厳しい日々がまるで嘘のような遠い過去の記憶のように思える。必死で生き抜いてきた私に、まさに天からの思いやりのある優しい贈り物であった。更紗の本場を見て歩き、今まで手探りであった更紗の世界にも少し陽の光が差し込み、物創りの夜明けが始まったような気がした。

14　植物染料との出合い

（一九七〇年）

上村六郎先生を会長とする伝統工芸の染め織りの研究会が一ヶ月に一度、京都の勤労会館で開かれ、私も会員になり真剣に勉強することにしていた。そのグループで、沖縄の染めや織りの研究に行くことになり、私も仲間に加えて頂いた。

その時、一緒に参加された中にユニークな存在の人がいた。皆とは行動を共にせず、沖縄の古い染めや織りの布を集め歩いていて、沖縄の布を全部買い占めたのではないか、と思われるくらいの量であった。その夜、六郎先生はその方を私に紹介して下さり、その方は

「帰ったら一度、遊びに来て下さい」

と誘って下さった。

沖縄から帰ると早速、訪ねてみることにした。そこは大きな工房で、植物染料を使って染色を手広くやっておられ、

「手の込んだ更紗を描いているのなら、化学染料ではその技量が惜しい。植物染料を提供するから使ってみてはどうだろうか」

と言われた。また、

「古代縮緬《ちりめん》の生地を二反《にたん》預けるから、自分の描きたいものを描いてみて下さい」とのことであった。

私自身、今まで、化学染料で一反を隅から隅まで細かく描いて行くことに、〃このままでよいのだろうか〃というような気がして、〃これでは職人仕事で終わってしまうのではないか〃といささか疑問を感じていた矢先のことであったので、引き受けてみることにする。何かもっと、〃進歩のある仕事がしたい〃との想いが、私を新たな挑戦へと駆り立てた。

生まれて初めての振り袖の創作を任されることになり、身震いするような緊張が走る。想像もつかない仕事に取り組むことになる。特に更紗は、細かい模様を描き詰めていかなくてはならず、〃大変なことを引き受けてしまった〃と思う心と、〃いや、困難であればあるほどやりがいがある〃と思う心が交差し、次第に〃やりがいがある〃と思う心の方が強くなっていった。

15　新分野への試み

新分野へ向かっての試みが始まった。以前にも増して時間のかかる仕事である。大きな着物大のハトロン紙に図案を描き込んで行く。

「植物染料は日光には強いが、摩擦に弱い」

すべてが新たな挑戦であり、狭い部屋での作業であった。グツグツとホーロー引きの鍋の中で、薄く削り乾燥した木片を煮詰める。その匂いが部屋中に立ち込める。幼い頃、母が薬草を煎《せん》じていた匂いに似ていた。上澄み液を取り、それをまた煮詰めていく。時間をかけてひとつの染料が出来上がるのである。

初めて植物染料を使用してみて、化学染料では考えられないことばかりが起こる。浸透性が強く、筆に少しつけすぎるとパーッと染料が滲み出る。防染糊を溶いて入れると分離する。泣きたくなるようなことが続く。〝なぜ、私はこのような困難なことを選んでしまったのだろうか〟と、後ろ向きになりそうな心に、〝なにくそ、やり遂げてみせる。くじけるものか〟と、もうひとつの心がささやく。

最初に原液を塗り、乾くとその上に発色液を塗る。小さな花びらや葉っぱ一枚に至るまでその作業を繰り返す。筆についた発色液の量により、または重ね具合により、発色した色は濃くもなり薄くもなる。化学染料に比べ、気の遠くなるような手間と時間がかかる。しかし、美しい色に発色した時の喜びは今までには味わえないものであった。

心の色、自然の色、私はやっと自分の求めていた色に巡り合えたような気がした。どこかで美しい花の色に出会えた時の胸のときめき、そして嬉しさ。心の奥深くに大切にしまい込んでいた色を、〝やっと振り袖の上に花咲かす時が来たのだ〟と、ふつふつと喜びが込み上げて来る。私が求めていたのは植物の色、自然の色であった。何とも言いようのない暖かさ、美しい色。しかし、縮緬《ちりめん》地はことのほかぼかしぼが深く、仕事は難渋した。初めての創作に、頭を悩まし悪戦苦闘している最中《さなか》、思いがけない運命の日が……。

京都に移り住んでから三年近くの月日が流れていた。

第四章　縁

1　運命の日

（一九七〇年）


「こんにちは……」

男の人の声。玄関の前にボストンバッグをひとつさげて、A先生が立っていた。突然の訪れに、

「どうされたのですか？」

私は驚いて尋ねた。

「もう、どこへも行く所がない。突然ですまない。」

と、謝られた。

「家族や親戚から、『毎日の生活もままならない貧乏暮らしをしているのに、人の為、人の為と出歩いて、一文の収入にもならないようなことは、今後は辞めて欲しい』と嘆願された」

「自分は、天から使命を帯びてこの世に生命《いのち》を与えられている。その大切なことを話してみても、誰も聞く耳を持たないものばかりで、言えば言うほど気が狂っているのではないかと精神異常者あつかいにされ、近所の知人までが集まって来て責め立てられ、まじめに働くようにと厳しく詰め寄られた」

次々と、奇跡を顕《あらわ》して人々を救って来たA先生であったが、そのことが永遠の感謝となって人々の心に残るものとは限らない。目に見える現実の世界だけを信じる世の常として、

「目に見えない世界を信じよ」

と、口をすっぱくして言い続けても、雲をつかむような話で終わってしまう。

そして、彼の、天から授かった能力を、利用はしても、信じ切って協力していこうとするものはほとんどいないのであった。悲しいことではあるが、それが現実かもしれなかった。ましてや家族や親戚、身内であるが故に反発するのは当たり前のことである。私は彼の超能力を人の為に尽くし切る姿に感動し、彼の真の姿と価値を知るものは私の他には誰ひとりとしていないことを悟った。

これよりA先生（青木盛栄）の精神活動を支え、ともに歩んでいくこととなった。

2　奇跡の能力《ちから》を発揮

盛栄は男である限り、自分も何か働いて収入を得なければいけないと考えて、知人もいない京都で色々と伝手《つて》を頼って歩いてみたが、かえって出費がふえることになり、これは〝お

金を儲ける仕事をするな〟と天は知らせているのではあるまいか。天から頂いた能力は人を救うことにある。つまらない人間社会の常識で〝男である以上家族を養って行かなくてはならない〟などと考えて〝無益な行動はするな〟ということなのだと私は直感した。そして、私は強い覚悟のもとに、

「生活は全部私が引き受けるから、お金儲けのことはいっさい考えないで、今までどおり人を救い、世の人のために尽くしてほしい」

と彼に伝えた。女一人で生計を立てるのは、なまやさしいことではない。倒産した折、親戚に借りたお金が、まだ何百万円もそのままになっている。それを働いて返していかなくてはならない。

そんな時、岡山の彼の友人がある人を紹介して来た。名古屋に住んでいるというその女性は、

「不思議な能力を持っている」

ということであった。盛栄は意気投合して、

「これから力を合わせて、迷える悩み多き人たちを救っていきましょう」

と言うことになり、早速、名古屋で人を集めることになった。盛栄の能力の宣伝がいき渡っていたのか、大勢の人たちが集まった。

真理を説く心の法則の講演が終わり、皆の面前で個人個人の指導が始まる。耳の聞こえなかった人は突然聞こえるようになり、白内障や緑内障を患《わずら》っている人は、濁っていた眼球が涙で洗われてみるみる黒く輝き出す。名刺の小さな字が読めると、感動で顔は涙でくしゃくしゃになり盛栄に抱きついて号泣する。長年、床についていた脳卒中の人が立って歩き出す。この世のものとは思えない光景に、会場は興奮のるつぼと化す。

噂が広がり、テレビ局が取材に来た。三階建ての各部屋はすぐにいっぱいになり、

「朝の五時ごろから並んで待っている」

という始末である。二階で講演を一時間。三階と一階の人はスピーカーで聞く。それぞれの階段もいっぱいの人で埋まっていた。講演を終え、各部屋に盛栄が入って行くと、皆、待ちかねたように手を合わせ涙を流して喜んだ。お茶を飲むことも食事をすることもままならず、ホッとして時計を見ると夜中の二時、三時になっていた。

私は、盛栄の身を案じた。これだけの人たちを救うには、強力なエネルギーが必要とされた。医学で手を尽くしても治らない難病を救うには、それも人の面前で瞬間に奇跡を起こすことは大変なことである。天からのエネルギーは頂いても、強い強いパワーが必要である。生身の人間である夫の身を案じることは、当たり前のことであった。その頃はまだ弟子もなかった私は出来る限り行動を共にすることにしていた。そして、彼の健康を祈り続けるので

あった。

3　初めての研修会

色々な病気が一瞬にして治る。だが、脳卒中の人がいったんは立ち上がり、病気が治ったとしてもその後のケアが出来ない。過去からの長年の病歴、その潜在意識が残っているのである。そうすると、たとえ治ったとしても、一回の治療ではもとに戻ってしまうのである。

そのためには、ケアに必要な施設を手当しなければならないということになった。

八百メートルくらいの山の上に、民家が数軒、ポツンポツンと建っている。そこは空気も澄み切って、大きな声で叫ぶとやまびこが返って来た。この地に住んでいるのは、心の温かい、与えることの喜びを持った人たちであった。そこで、三軒の家を宿舎としてお借りした。

毎月、二泊三日の研修会が始まった。悩みや、病にならないように、心のありよう、心の法則を優しく解り易く説いた。皆、同じ所に住み、そして澄み切った山の上の空気は、心がしだいに落ち着きを取り戻し癒されていくのであった。田舎の生活は今までの暮らしとは違い、庭前《にわさき》の畑でつくっている大根を引き抜いて来て煮物にしたり、それぞれの季節の野菜が食卓をいろどった。

回を重ねるうちに人数がドンドンと増えていき、大型バスを借り切っての研修会となった。研修会場に行く山道は、過去、一度も大型バスは通ったことはなかった。それは、道がくねくねとくねっていてバスが走れるような道ではないが、

「盛栄先生が同行されるので大丈夫」

と、人々は信じ切っている様子であったが、多くの人たちを守らなくてはならない盛栄の責任の重さを感じた。大勢の人たちの乗ったバスは、途中で前にも進めず後ろにも下がれず、もうどうしようもなくなって乗客は皆バスから降りた。立ち往生だ。それを何とかしようと、多くの人たちが知恵を出し合った。一歩間違えば、がけ下へ転落してしまう。私は祈った。

〝無事に通れますように〟。

しばらくして盛栄は、

「皆で歩こう、山道も楽しいぞ」

と、それぞれが励ましあい助け合いながら目的地に到着。足の悪い人やお年寄りの方たちは、自家用車が何回も往復した。このような体験を通じ、人々の心の結びつきはよりいっそう強くなり、思い出深い研修会となった。

4　各地への救いの旅

そのうち、救われた人の中からお弟子さんも出来て、各地へ講演と指導の旅が始まった。私たちが留守の間の息子たちの食事は、カレーやおでんをたくさん作っておいたり、簡単なものを次男に教えたりして、私も夫に同行した。弟子の皆さんのためには、朝四時ごろから起きておにぎりやお煮しめをいっぱい作り、重箱に何段も重ねて持って行った。しらじらと夜の明け染める頃、ボロ自転車に夫は乗り、私はその荷台にお弁当の重箱を抱えて横乗りして、駅までフーフー言いながらこいで行くのである。私は後ろの座席で、

「ヨイショ、ヨイショ」

と掛け声だけはかけられるが、おそらく〝重くて大変なことだったろう〟と今になって思う。

人々が次々と救われて感激の嬉し涙を流しているのを見ると、大変とか苦労とかは吹っ飛んでしまい、何かに引っぱられるように愛知・岐阜とかけずり回った。まさに手弁当の旅であった。救われた人々から、お礼は頂かないことにしていたので、まだまだ生活は苦しく、二人で出かけて行く運賃さえも儘《まま》ならなかった。そんななか私は、時間を見つけては更紗《さらさ》を必死で描いた。

しかし、仕事にばかり熱中してはおれなかった。各地から電話が頻繁《ひんぱん》にかかってくる。盛栄の講演旅行もある。その度に、折角まとまって来た仕事を中断して出かけて行かなければならなかった。『後ろ髪を引かれる思い』とは、こういうことかもしれない。やりかけの振り袖が気にかかる。生まれて初めての創作に取り組んでいる最中である。〃途中で中断したくない、仕上げてしまいたい〃等々、物創りをするものなら誰しも思うことではなかろうか……。ジレンマ……。しかし、いつも盛栄を大事にし、人の為に尽くさせて頂くことを優先とした。心の切り替えが必要であった。

こうしたことの繰り返しで、一枚の振り袖がようやく出来上がった。どのくらいの時を要したであろうか。化学染料では味わい得ない美しい色調に仕上がった。総模様で手の込んだものである。生地を提供して下さった方ももちろん気に入り、大いに喜んで下さった。

5　後世にのこる作品

次の創作は私にとって人生の転機になった。ジャワ旅行のイメージをまとめてみることにした。

〝南国のムードを出してみたい〟と思った。色々な思い出が次々と浮かんでくる。過去を捨てた島である。〝再出発の美しい思い出だけを描いてみよう〟と思った。自分で感じ取ったイメージを表現することは大変ではあるが、それにも増して無から有を生じる想像の世界に私の心は燃える。自分の能力を出し切っての創作である。

何枚も同じ物を染めることは何故か虚《むな》しく、私には出来ないことであった。〝職人で終わりたくない〟、売れるものを何枚も描いていけばお金儲けは出来る。でも、私は一瞬にして物やお金は無くなることを体験し、そのような世界はもう懲《こ》り懲《ご》りで、少しでもよいものを創り出して〝後世に残して行きたい〟とかねがね思っている。このように生地と染料を提供して頂きながら、私のやりたいものを自由に創作していけるのはありがたいことであった。ただただ、〝研究させて頂いている〟と感謝をする。金銭で処理をするということは、気持が許さなかった。時間と労力を無視しての仕事である。

南国の空は青く椰子《やし》の木が高く聳《そび》え、ヒンズー教の寺院の石仏《せきぶつ》も空の青さに溶け込み、恐い顔をしたガルーダも、夜、薄暗い電灯の光で見た影絵人形も、すべてが楽しい旅の思い出ばかり。ザクロ模様の唐草を着物一面のバックにして、私の人生の転機になった南の島の思い出をイメージに、『ジャワ物語』の振り袖が出来上がった。どこからかガムランの調べが聞こえて来るような気がする……。感じ取ったそのイメージを自分なりに創作できて嬉しかった。こうして何点かの更紗の着物が出来上がった。

6　心の創作

東京赤坂の日枝《ひえ》神社境内の山王閣で、私のお世話になっている工房の展示会が開かれることになり、私の描いた更紗も同時に展示されることとなった。私も前日から泊り込みで参加した。このようなことは初めての体験である。オープン当日は、最初に描いた藍《あい》の更紗の着物を着て行った。

女優の杉村春子さんは工房の顧問をしておられるらしく、会場にお見えになっていた。着付けがゆったりとした感じで、とても楽《らく》そうで着物姿が美しい。私も、〝ああいうふうに着物を着てみよう〟と参考になった。京都から、顧問をしておられる詩人のS先生が御夫婦で来られていた。

「あなたの着ている着物が、会場に展示されているどの着物よりも一番優《すぐ》れている」と褒めて下さり、私の行くところ行くところへついて来られた。

「色彩が濁っていなくて、澄み切っていて素晴らしい」

と、お顔を会わせる度にお褒めの言葉を頂戴した。最初に描いた更紗だったが認められず、送り返されて来た着物であった。〃人の見る目はそれぞれに違うものだ〃と、その時つくづく思ったものである。

私の描いた更紗の振り袖・訪問着は、嬉しいことになかなかの好評であった。心で染めて描いた作品と、商品として創られた物の違いを、まざまざと見せ付けてもらったような気がした。やっと自信のようなものが湧いて来た。その時、〃自分ひとりで個展をやってみたい〃と思うようになった。そのためには、少しずつ作品を自分の手元に置いていかなくてはならない。では、〃生活の方はどうするのか〃、現実的には難しいことである。生地も自分で買わなくてはならない。その資金も必要である。あまり考えすぎると前進しないし、足踏み状態では何も出来なくなることに気付く。まず自分の心で強く決断をして、個展の出来るよう前向きに心を決める。〃絶対にやってみる、東京の一番素晴らしい会場で……〃。私は、そんな大それた望みを持つようになっていた。

その気になれば出来るもので、作品も、一点、二点と溜まって行く。よく出来たものは、

「是非、売って欲しい」

と再三望まれても、売ることはしなかった。生活に必要な分だけを手放すことにした。そのため、いつまで経っても貧しい生活が続き、豊かな生活は望めそうにもなかった。

東京の山王閣で、私の着物を褒めて下さった詩人のS先生のところへ相談に行き、

「東京で個展をしたいと思うので、どこか紹介して頂きたい」

とお願いした。早速、

「東京銀座の和光ギャラリーなら超一流だから、和光のことをよく知っている知人のI氏に紹介しよう」

と、快く引き受けて下さった。それから間もなくして、

「東京からI氏が、京都のロイヤルホテルに来ているから……」

との知らせを頂いて出かけて行った。I氏は物腰の柔らかな好感の持てる紳士で、しばらくお話をしているうちに、

「ぜひ、和光に紹介しましょう。一度、東京へ出かけていらっしゃい」

と言って下さった。そんな嬉しいお言葉に胸が躍る。

「初めてお会いしたうえ、作品も見て頂いていないのに……」

と、不安げにお聞きすると、

「あなたを見たらすべて分かります。心配しないで……」

と力づけて下さった。

早速、作品二点を持参して盛栄と共に東京へ出向いて行った。I氏から紹介された担当の

部長は、温厚な人柄の方であった。

「今まで、和光で着物を一度も扱ったことはないから、その知識がない。あなたにも迷惑がかかってはいけない」

と配慮され、すぐにお返事は頂けなかったが、このような〝銀座のギャラリーで更紗の個展ができたら……〟という想いは、前にも増して強くなるばかりであった。盛栄から、

「自分自身で、強い想念を持って絶えず祈っておれば、必ず実現する」

と教えられていたので、実現に向かって創作に力を入れることにする。

一年近く経ったある日、私のたっての願いに担当の部長ご自身の独断で、

「やりましょう」

と決めて下さった。祈りが通じたのである。そして、

「壁面も床の色も、着物にマッチしないから全部やり替えます」

とのお電話にびっくりした。そこまで気配りをしていて下さる部長に心から感謝した。

〝絶対に成功させなければならない〟。作品の一点一点に、祈りを込めて創作し仕上げていった。しかし、更紗にばかり打ち込んではいられない。盛栄と共に、人の幸せのために各地へ動き回る忙しい日々であった。

7　草木染　手描更紗展

（一九七五年）

更紗賛歌

青木女史の作品に寄せて

島岡剣石

ガンジスの流れに
浮んだ　蓮《はちす》のごとく
イスラムの寺院にひびく　鐘のごとく
更紗文様に
こめられた神秘の言葉
「紅型《びんがた》」も「友禅」も
その源を　ここに発す

手描の更紗

懐かしさ床しさ
淑《しと》やかに香り高し
女心を装いに移す
高雅な魅力

平安の都に魁《さきが》け
長岡の京に棲み
阿吽の呼吸を調べ
切々と染め描く
「今昔更紗」

いま東都の桧《ひのき》舞台に
咲き匂う

一九七五年三月、東京銀座・和光ギャラリーにおいて個展が開催された。

琴の音が静かに流れ、伽羅《きゃら》の香りがほのかに漂っている。更紗の着物が、東京銀座・和光のギャラリーの中で優雅な雰囲気をかもし出している。大胆に切り取りした中に、緻密《ちみつ》に隙間なく埋めつくした更紗模様は、私の耐え忍んだ日々が刻み込まれているような重厚な作品の仕上がりだ。燃えるような情熱をかけてコチニール（サボテンの虫から採った色素）の臙脂《えんじ》。蘇芳《すおう》の赤を主に出来上がった振り袖。初秋の山あいの滝を『花しぶき』として清涼感を表現したもの等、私の染色作家としての第一歩。それぞれに想いの込められた作品。

和光ギャラリー初の着物の個展に、関係者の方々はきっと不安があったに違いない。また、上村六郎先生は私たちと同じホテルに泊まり込み、応援して下さった。暖かな思いやりのある先生のお心に触れ、何よりも心丈夫なことであった。会場には絶えず伽羅の香を焚《た》いて、お客様を心よりお迎えした。大勢の方々が応援して下さった。やはり、天が動いてくれた。私の力ではないのだ。どのような逆境にあっても、希望だけは大きく持つように、天から、自然から教えられた。すべてに感謝した。

「素晴らしい作品だから、必ず更紗会場に足をお運び下さるように……」

和光の社長のメッセージもあって、会場は人の流れが絶え間なく続き、人々の熱い感動が伝わって来るようであった。

会場を訪れた方々の中に浮世絵を研究しておられる方がいて、

「このような素晴らしい芸術性の高い更紗の作品を日本人だけで見るのは惜しい。外国の人たちにも、日本の文化はこれほどレベルが高いのだと知ってもらう必要がある。是非、外国で展覧会を開くべきだ」

と強調された。私は、〃初めて東京で個展を開いたばかりなのに、外国の見知らぬ国で、果たして更紗の展覧会など開くことが出来るのであろうか……〃と、内心思っていた。

しかし、ことは運ばれていった。着物一点、更紗に関した書類を添えて外務省の国際交流基金へ送った。国際交流基金の承認を得れば、国から費用を出して頂いて外国で個展を開くことが出来るのであるから、審査はなかなか難しい。

「二千人以上もの応募者の中から二人だけ選ばれる」

とのことである。私は芸術院会員でも、人間国宝でもない無名の主婦作家である。すべてを天にお任せすることにした。そして、心の中で強く念じ天に祈った。

8　結城《ゆうき》の郷《さと》

東京銀座・和光にて、第一回目の更紗の個展も成功のうちに終わった。ホッと一息ついて間もなくのこと、結城紬《ゆうきつむぎ》を扱う会社の社長から、

「是非、お会いしたい」

とのお話を頂いた。間に入って下さった方と共に、私は初めて結城の地を訪れ、完成したばかりだという立派な結城紬の会館へ案内して頂くことになった。結城紬は、紡《つむ》いだ真綿《まわた》糸を部分的に括《くく》り、染め、括った糸をはずし、そして織ることで絣《かすり》模様を生み出していく織物である。とても高価で、庶民にはなかなか手に入らないものでもある。それまで、目にすることも手に取ることもなかった結城紬を目の前に、私は胸躍らせて会館の中を見て回った。

充分に結城紬の素晴らしさを堪能したのち、今度は絣括《かすりくく》りのお仕事をされている〝人間国宝〟の田中林次様宅にお伺いした。話しには聞いていたが、その手間の大変なことに改めて驚く。唾液《だえき》をつけた指で真綿を紡いでいくのも人間技とは思えないが、それにも増して、その紡いだ糸を数ミリおきに括っていく田中氏のお仕事は、気の遠くなるほど根気がいる。

「そのようにして染め上がった糸を、二千年もの昔から伝承された、〝いざり手織り機《ばた》〟で織り、紡ぎ目の分からないなめらかな布に仕上がってこそ本結城紬の価値がある」

とのことである。見た目にはたかが布一反《いったん》でも、その奥には一言では語りつくすことの出来ない、人の忍耐と努力の重みがあるのだ。

「結城紬《ゆうきつむぎ》の白生地を織るから、更紗を描いてみてほしい」

との依頼を受けた。それまで真綿糸の手紡《つむ》ぎ結城紬には、手描きは不可能であるとされてきた。撚《よ》りがかかっていない真綿糸のため、染料がはじいて染めつかないからである。

「結城紬の生地に、植物染料で手描き模様を染め上げることが出来れば、それはもう大変なことで、二千年にもわたる結城の歴史が書き替えられるに等しい」

と、結城紬の関係者は興奮して熱く私に語りかけた。そのような難しい生地の上に、果たして、一筆一筆描き上げることが出来るだろうか。それこそ至難の業、誰も踏み入れたことのない世界である。しばらく思案したが、これほど望まれてはお断りも出来ず、お引き受けすることにした。未知の世界に、また一歩踏み入れることになり、身の引き締まる想いがする。

9　孔雀の園

人間国宝の方が、二人がかりで織られた無形文化財である結城紬の白生地を初めて手にして、〝失敗は許されない。この生地を一番生かす模様は何なのだろう〟と、早速、あれこれデザインを考える。生地を手に眺めるうちに、結城《ゆうき》の地で夕食に案内された場所が思い出されてきた。

そこは古い館《やかた》を復元し、古美術が何気なく飾られた重厚な雰囲気の部屋ながら食事はバーベキューという、古さと新しさが調和した不思議で面白い空間であった。入り口にいた孔雀《くじゃく》の夫婦の仲睦《むつ》まじい姿が印象的で、他にもまだ孔雀が十数羽いて孔雀の園とも呼ばれているらしい。結城との最初の出会いの感動が、その孔雀の姿に象徴されているようで、〝夫婦の孔雀を紬地に表現してみよう〟と想った。そうと決めれば、私独特のイメージが浮かんできた。私なりにひらめいた孔雀の姿で、雄は羽の形を尖《とが》らせ、雌は丸みを持たせた。色も雄は藍の色を主体に、雌の方は華やかな色彩を使うことにする。

いよいよ染めの段階になり、前夜から天気予報で天候を確かめて大豆を一晩水に浸けて置く。夜が明けるのを待ちかねて、ミキサーにかけて大豆の汁（豆汁《ごじる》）を作る。いつもよりも張り詰めた気持、紬を伸子《しんし》張《ば》りして色止めのために豆汁で地入れと、植物染料で地染めを刷毛で染め付ける。そこまでは、今までの作業と変わりなく順調だった。しかし、長時間かけて丹念にすった墨で骨書き《こつがき》（線描き）をする段階になり、私は戸惑った。今までと同じやり方では線がかすれて目立たず、筆が進まないのである。細い面相筆《めんそうふで》に少し多めに墨を含ませて描いてみた。すると、地入れをしてある布なのに墨が滲み出す。浸透液を入れてみると描きやすくはなるが、今度は紬目に沿って滲み出す始末。今まで通りの方法では全く描けない。私は、〃どうすればよいのだろう〃と、途方に暮れてしまった。

10　至難《しなん》の業《わざ》

ほかでもない自分の心に気負いがあって、それが邪魔をしていることにフッと気がついた。この紬は生きている。紡《つむ》ぐ人、織る人、それぞれの日々の感情が生地に織り込まれているのだ。明るく楽しい心の時、暗くて悲しい心の時、体調の優れぬ時、その時々の職人の感情が入って仕上がったものであり、この生地は機械で紡ぎ織られた普通の生地とは違うのである。さまざまな感情を織り込まれた生地には、〃心を無にして接しなければならない〃ということを私は悟った。

気負いを捨て、紬と調和し、一体にならなければ手も足も出ない。結城紬に手描きすることは、「至難《しなん》の業《わざ》」と、その道の人たちは口をそろえて言ったが、正にその通りである。その上、更紗は模様も細かくて、防染糊も使わずに、細かい線描きの中へ植物染料がはみ出さないように染めつけていかなければならない。筆についた余分な染料を、しごくようにして描かなければ色が滲み出して、汚い仕上がりになってしまうのである。正に、一筆ごとに祈りながらの仕事であった。絹地とか玉紬（いざり手織りではなく、たか機で織った紬）だと、一～二度の彩色で済むのではかどるが、真綿紬は筆を五回も六回も、生地の中に染料をすり込むようにして彩色しなければならなかった。

面白いことに、布には紡《つむ》いだ人や織った人の感情の起伏が所々に現れていた。そこには目に見えない断層があって、いくら染料を重ねてみても色が内に染み込んでいかないところもある。裏からも染め付けてみたがなかなか浸透しない。泣きたいような日々が数ヶ月も続く。もう投げ出してしまいたくなる弱い心が私を苦しめる。まさしく自分の心と肉体との激しい闘いであった。〝もう私には無理だ、出来ない、お断りしよう〟、何度そう思ったことか……。

くじけそうになる弱い自分を叱咤《しった》激励する毎日が続いて、季節も変わるころ、やっと『孔雀《くじゃく》の園』が完成した。結城の郷の古い街並みに万葉の昔を偲《しの》び、古典的な色調の『夕槻《ゆうづき》の

君』も出来上がった。草木染手描き更紗による結城紬が、この世に初めて誕生した瞬間である。結城の関係者は、

「奇跡が生まれた」

「二千年の歴史を破った」

と、心から感動され大変な喜びようであった。

作品『夕槻《ゆうづき》の君』は会館に展示されることになった。そして三〇年の年月が流れた今も、同じ場所で静かに青木寿恵の分身として生き続けている。この作品を観られた女性に、今回、改めて感想文をお願いしてみた。ご返事の一部を次に抜粋掲載する。

初めて『夕槻の君』を観たのは三〇年位前です。観た瞬間、全身に鳥肌が立ち、すごく興奮して体がガタガタ震えました。理由は分かりません。今でもわかりません。

幸せなことに、それから毎日観ることが出来るようになりました。〝どんな方が描いたのかしら〟と……。

お目にかかる機会に恵まれまして、紹介して頂いたのですが、すぐ前に出て行くことができず、最初は柱の陰から、そっと青木寿恵先生のお姿を見ておりました。

笑顔がとてもステキで、〝この大作を描かれたエネルギーはどこにあるのかしら〟と不思議

な印象を受けました。

平成一八年七月

T・Y

11　大脱皮　水をかぶれ

初めての体験で全精力を消耗したのか高熱が続き、私は床から起き上がれなくなってしまった。床について数日後のことである。突然、盛栄が私の熱っぽい布団を思い切りはがし、

「起きて水をかぶれ！」

と大きな声で怒鳴った。私はびっくりした。高熱が続いて思うようにならない体に、水をかぶれというのか……。でも、盛栄の想いは理解できた。きっと、床に伏したままの私が歯がゆく、〝病気に負けてどうするのだ〟という想いから、私の気力を取り戻させるために怒鳴ったのだろう。朦朧《もうろう》とする頭の中で、私には一瞬〝どうしたものか〟というためらいがあった。しかし、それまで盛栄に何でも従ってきた私は、やはり水をかぶることにした。本当に〝死ぬかもしれない〟とも思ったが……。

外は、氷雨《ひさめ》が降っていた。ストーブを焚き、コタツを入れてもなお寒い。私は仏壇にロウソクと線香をあげて、手を合わせてから風呂場に行った。まず、ガタガタと震える肩から水をかぶる。次は長い髪の上からかぶる。髪の先から落ちる滴《しずく》がいっそう冷たく、手桶に水をためる数秒を待つのがとても辛い。〃もう死んでもいい〃とさえ思えた。全身の震えは止まらなくなり、それでも無意識に何回も水をかぶった。

外から盛栄の声が聞こえた。

「もう、よいから止《や》めろ」

バスタオル一枚の姿でぼんやりと立つ私をストーブの前に座らせ、髪の滴《しずく》をタオルで拭《ぬぐ》ってくれた。

「よくやった。よくやった。」

と涙を流しながら私の体を拭き、私の健闘を喜んでくれた。

次の日、不思議と熱は下がった。私は、水をかぶる精神力で病に打ち勝つことが出来たのだ。薬の一服も飲まずに元気になれた自分が嬉しかった。根気のいる結城紬と真正面から立ち向かい、病を克服したことで、私の中に病にも何ものにも負けない強い信念が生まれた。

私は大きな脱皮をしたのである。

12　彗星《すいせい》のごとく現れた女性

青木盛栄著「人間の法則」より抜粋

彗星《すいせい》の如く現れた一人の女性との縁。その人間の押すボタンは、自分の運命のいっさいのチャンネルを見事に変えてしまったのである。

孤独の航海の最中《さなか》、彗星の如く現れた人間とは、小生の妻『寿恵』である。正に、小生の人生の暁光《ぎょうこう》となり、小生の人生は地獄から天国へと変化したのである。小生は、母ができなかった躾《しつけ》を、五十歳になって妻から段々と教えられた。今の小生自身、彗星《すいせい》の如く現れた人間の出現が、その縁がなかったら、こうして存在してはいなかったであろう。

『縁運』とは、人知を超越した創造主のなせる業《わざ》なのである。人間のすべての縁運は、その人の根本の人生の土壌の質、つまり、その人の心（＝意識）に原因があって、心こそ、その人の人生を創造するのである。妻と巡り会った当時の心情は、現在の心境の出発点であったのであろう。妻との縁が定着すると同時に、暗雲は吹き払われてしまい、貧から富へ、地獄から天国へと、正にチャンネルを押すボタンのように一変してしまった。それが、人間に与えられた縁運・宿命の操《あやつ》るところなのである。

すべては天意のなせる業《わざ》であって、人知の及ばない縁運なのである。

第五章　救う人、救われる人

1　大きな家族

（一九七五年）

一晩中、吹き荒れた雪おろしの風に、夜っぴて眠れず、しらじらと世の明けそめる頃、やっととろとろとまどろむ。階下の薪のストーブの煙が穴の中のタヌキをいぶすように、私たちの寝所に這い上がって来る。寝所と言っても屋根は低く、窓もない冬の猟場小屋の二階である。獣たちが煙にいぶり出されて穴の中から這い出て来るように、眠い目をこすりながら、ユラユラゆれる縄梯子を恐る恐る降りて行く。外は真っ白な雪。昨日、止めてあった車はもう見えない。すっぽりと埋もれてしまっていた。

十日間の研修生活が始まった。北海道・岐阜・愛知・大阪、各地からそれぞれの悩みや病を持つ人たちが救いを求めて集まって来ていた。夫は、この人たちの為に命をかけている。研修道場は、私たちの宿舎となっているハンター小屋の隣に立てられている。大阪の大工さんが、自分たち夫婦が救われたお礼にと、三十帖ほどの広さの仮普請《かりぶしん》のものであった。この大工さんは喘息《ぜんそく》がひどく仕事も休みがちであったが、奥さんもちょっと変わった病気持で、外出先の車の中でも手足が突っ張り体の自由を失うので、すぐ病院へ直行するというような状態であった。夫婦仲もうまく行かず、離婚寸前の所を知人に連れられて来たのであった。

各地の講演会へついてまわる程の熱心な二人で、次第に夫婦の仲も睦《むつ》まじくなっていった。

研修道場といっても、ただ雨露をしのぐことが出来るというだけのものではあったが、研修生活のために各地から鍋・釜・茶碗・蒲団などを持ち寄り、不自由ではあるがそれぞれが心の集まりのもとに精神面の充実した生活が始まった。北琵琶湖《きたびわこ》近くの安曇《あど》川のほとりで、林の中の一軒家。水道などはなく、雪を溶かした水でご飯やお風呂を炊いた。ご飯の中に松葉が入っていることも度々、お風呂の中にも松葉が浮いている。誰も文句を言うものはいなかった。お掃除や洗濯の水は、下の安曇川からバケツリレーで

「ワッショイ、ワッショイ」

と、掛け声をかけながら皆で運んだ。家に帰れば何の不自由もない生活をしている人たちばかりである。それでも皆、心から楽しい笑いが満ちあふれ、いたわり合っての共同生活であった。

2　お餅つき

ぺったん、ぺったん……、お餅をつく杵《きね》の音。このような山の中でお餅つきが始まった。

大晦日は皆でお餅をついた。最近ではほとんどの家庭が、お餅屋さんについてもらうようになっている。

その中に脊髄《せきずい》の病気を持った方が、大阪から参加されていた。盛栄の教えを信じ切り、永年、身に着けていたコルセットをはずし、

「お餅をつく」

と言われた。コルセットをはずしたばかりのまだ自信の持てない体で、杵《きね》を振り上げ、振り下ろし、お餅をつきあげた。病を恐れることのない勇気と決意に、皆、大拍手。自分を試す姿に私は感動した。自らの病を克服し、弱い自分の心に打ち勝ったのである。盛栄は、

「よくやった。よくやった。」

と、涙で顔をくしゃくしゃにしながら抱き合った。私を含めその場に居合わせた皆が、感激の涙で彼を褒めたたえた。それ以来、その方は完全な健康体に生まれ変わって幸せな人生を送っている。

3　初日の出

元旦は、一晩中降り続いた雪もやみ、素晴らしい夜明けである。湖のほとりまで、真っ白い雪の上をそれぞれ澄み切った心でただ黙々と歩く。嬉しさと感動で言葉が出ないのである。東の空が茜色《あかねいろ》に染まり初日の出を目前にしたとき、誰からともなく感動の言葉がほとばしり出た。荘厳《そうごん》な、身内がしびれるような、震えるような、心の底から、魂の底から

「おめでとう」

「おめでとう」

と、手を取り合って涙した。山の中の一軒屋。不自由な生活ではあるけれど、そこには感動があった。

人々の心は俗世の垢《あか》を洗い流し、次第に澄み切りになっていった。人のために尽くし切る。私の心は燃えていた。皆、裸の付き合いである。大社長も、お金持も、お百姓も、皆ひとつの心になった。

大きなお釜でご飯を炊いた。昔ながらの薪《まき》を使って。何十年振りのことであろう。底におこげが出来て、それをおにぎりにするとまた美味しい。皆、われもわれもと希望者続出。一口、口に入れては

「美味しい！」

忘れていた昔の味を思い出しているのである。心の中に温かさが広がる。ご馳走はなくとも何でも美味しい。何十人も一緒に楽しい食事。

「人は、楽しく生きるためにはどのように意識を変えればよいか……。」

「健康な体で過ごすためには……。」

「皆、仲良く暮らしていくには……。」

どのような人にも理解できるように、噛み砕いて話しを説いて聞かせる盛栄。ひとつの家庭そのものの雰囲気であった。

十日間はアッという間に過ぎ、別れる時は涙、涙。互いに握手を交わし、また会う日を楽しみにそれぞれの家路に向かう。

「下界には下りたくない」

と口々に言いながら……。

4　雪の中の研修会

二月の研修会は、厳しい寒さの中で行われた。この年はことのほか雪が多く、二メートルの積雪である。道場までの道を歩いて行くのは並大抵のことではなかった。駅から途中までしか車は通れず、あとはゴム長靴に履《は》き替えて、雪道を一歩一歩と用心しながら歩かないと、いっぺん転んだら起き上がるのに大変だった。そのような中であっても、人々は集まって来たのである。男の人で元気な者は、屋根や道路の雪かきである。取り除いても取り除いても、雪は降り積もった。

外には一歩も出られず、降りしきる雪を眺めるばかりであった。そんな時、気持を滅入らせてはいけないことを教えて頂いたばかりでなく、勉強の合間に色々と遊びを考え出し、真理をまじえての楽しいひとときであった。また、自分たちの過去を語り合ったり、明日につなぐ希望に胸おどらせたり、そして雪にも負けず人々の顔は明るく輝いていった。

今まで目の前にあった物が、アッという間にまるで魔法のように雪の中へ消えていった。私もこの様な大雪は生まれて初めての体験で、〝雪だるまを作ろう〟とか、〝雪合戦をしよう〟とか、そんなことは考えられないほどの大雪なのである。せっかく雪かきした道路も、みるみる雪が降り積もり、踏み出した足はすっぽり雪の中に膝《ひざ》まで入り込む。うっかり外には出られない状態であった。

三月は、残雪の中での研修会。四月は暖かく春の日差しを浴びて、皆、山歩きが出来るし、お弁当を作ってピクニックもと、楽しいプランがいっぱいで皆の心は弾んだ。

5　人の心の移ろい

四月の研修の日程も決まり準備に追われている矢先、道場の持ち主からストップがかかった。〝なぜ？〟私たちはとまどった。

「これからが本番の人救いが出来る」

と喜んでいた盛栄は、あまりにも意外な出来事に、大きなショックを受けて立ち上がれないようなありさまであった。色々と様子が分かって来ると、人の心の移ろいやすさ……。あれほど自分たち夫婦が救われて、仲睦《なかむつ》まじい暮らしが出来るようになったことを感謝して道場を建てて提供した持ち主であったが、健康になり、仕事も出来るようになり、何でも自分の思い通りになって来ると、人間の欲の心が動き出し、〝人のことなんか、もうかまっていられない〟ということになったようである。研修が始まると、やはり自分たちも何日間は参加しなくてはならない。そうすると仕事が出来ずお金も儲からないからと、自分勝手な自我欲が先行してきたようであった。

せっかく救われかけていた人たちを、突き放す結果になってしまった。どうすればよいか途方に暮れるばかりで、私は天に祈るしかなかった。〝人を救う場をお与え下さい〟自分のことなど考えている余裕もなく、ただ人を救う〝場〟を与えて頂くことのみの祈りであった。

6　宇治研修場

安曇《あど》川の道場も使えなくなり、どこか適当な場所はないかと色々考えていた。今まで何かと応援をして頂いているS先生は、〝お顔も広いから〟と相談してみることにした。

「京都の宇治にお寺を持っている女性の住職さんがおられて、そこには研修道場もあるからさっそく行ってみましょう。」

ということになり、夫と三人で出かけることにした。なかなか立派な道場で、お庭も広く竹やぶもあり、お風呂も大きくお部屋も綺麗で、ゆったりと勉強できる雰囲気であった。

早速、研修を始めることになり、全国から多くの人たちが集まって来た。京都の知名の先生方も次々と参加され、今までと違って一段と重みのある充実した研修会となった。その反面、山小屋での研修とは違ってすべてにお金がかかった。道場の使用費、食費、何人かのお弟子さんたちの費用。都会での研修会には、それこそお金が羽を生えて飛んで行くように無くなった。研修生から費用は頂いても、何かと資金の遣り繰りはすべて私の肩にかかって来た。お弟子さんたちは、正業は持たず夫を助けての厳しい生活である。足りない分はこちらで補わなくてはならない。

京都の知名の先生方何人かとの交際も始まり、お食事をご一緒にしたり、文化的な集いに加わったり、お弟子さんたちも頻繁に我が家に訪れるようになり、ますます忙しさを増していった。澄み切りの心で素晴らしい作品を創り出そうとしても、気持が落ち着かなくなり、自分で自分を持て余すことが多くなった。私を見守っていて下さる先生方は、

「折角の才能を持ちながら、充分に創作活動に没頭できなくて惜しいものだ。更紗一本に専念したらどうか。」

と心配して下さった。

「素晴らしい作品を、心いくまで創って欲しい。」

と、温かい思いやりのあるアドバイスを受けても、現実はなかなかそうはいかないことばかりであった。

私も〝創作にたっぷりの時間が欲しい。体がいくつもあればいいのに〟と思う。最低、最悪の条件の中で、心をコントロールしながら、時間を見つけてはせっせと更紗を描き続けた。

人の三倍も四倍ものスピードを上げなければならない。筆を持つとまるで男になったように人が変わった。後世に残す作品と、人を救うための資金を得ることに、死にもの狂いの日々が続く。

たくさんの人々は救われていく。夫は、やっと思う通りの研修が出来るようになり、ますます天から与えられた能力を発揮していった。しかし、お寺や道場にも規則があり、そのことごとくに厳しく注意をされるようになると、お弟子さんたちや研修生の間にも次第に窮屈に感じられるようになってきた。心を広く開放しすべてにゆとりを持つ研修会が、なぜか中途半端なものになり、ひずみが出来はじめたのだ。会員の中から、

「自分たちで道場を造ろう」

と言う声がささやかれ始めた。次第に、皆その気になっていった。

7　北海道　釧路《くしろ》の人

北海道の釧路には、以前にも何回か講演に訪れていた。その時、指導を受けた六〇歳位の男性が研修会に参加していた。その男性は、座っていても体が斜めに傾き、まっすぐに歩くことも出来ない様子であった。そして、

「夜、眠れないので苦しくてつらい」

と訴えた。十日間の研修を終えて北海道へ帰られた後も、その男性から夜中に
「眠れない」

と言っては電話が毎晩かかって来た。盛栄は、いやな顔ひとつしないで、親切にやさしく心をほぐし、

「いつも側についているから……」

と、安心して眠れるように指導した。多くの人を指導している立場上、疲れて〝早く休みたい〟と思うこともあるに違いない。盛栄の、人を想う気持ちがどれほど深く強いものか……。相手の身になり〝少しでも早く苦しみから救ってあげたい〟と、ただそれだけの祈りであったに違いない。そして、その翌月の研修会にも参加したその男性は、顔色もよくなり明るい兆《きざ》しがみえて来たように感じられた。

それから三ヶ月ほど過ぎたころ、私たち夫婦は北海道・釧路の、その男性の自宅へ招待された。洒落《しゃれ》た洋館の立派なお屋敷で、庭も広々として気持ちがよかった。〝このような静かな環境の中でのんびり暮らせば病気などしないだろうに〟と、私は不思議な気がした。手広く事業をされていて、町の名士であるその男性は、

「私の病がよくなり健康を取り戻すことが出来たら、盛栄先生に恩返しをさせて頂きます。

財産をすべて投げ打っても惜しくはない」

と断言された。

その晩は料理屋へ案内されて、美味しい海の幸をご馳走になった。その他にも何人か釧路から研修会に参加されている人もあって、

「我が家へ来て下さい」

と、毎日引っ張りだこであった。私は、

「蟹が大好き」

と言ったばかりに、どこへ行っても蟹づくし。あれ程〝蟹が大好き〟だった私も、さすがに見るのもいやになって、当分の間は蟹を食す気になれなかった。

毎月の研修会に参加されるごとに、その男性は背筋もまっすぐに伸び、座る姿勢も他の人と同じようになってきた。

「夜も、よく眠れるようになった」

と嬉しい笑顔。盛栄の指導により、みごとに健康を取り戻すことが出来たのであった。難病といわれ、医学でも救われなかった人が立派にもとの体に戻ったのである。その人は涙を流して喜んだ。

しかし、日常の生活がスムーズに運び、何の苦もなく快適に暮らせるようになると、人の

意識は移ろいやすいものである。〝何とかして救われたい。救って欲しい〟と願った時は、〝財産を投げ打ってでも……〟と、物に対しての執着の意識は消え、ただただ健康を望んだが、目的を達した後は、

「恩返しをする」

と言ったその言葉は、その男性の意識からは消えていたようである。

第六章　阿吽《あうん》の郷

1　澄み切りの空

（一九七六年）

天は高く、空は蒼《あお》く澄み渡り、絶好の秋日和《あきびより》。全国各地から三々五々、集い来る人々。どの顔も、どの顔も皆、満面の笑みをたたえて嬉しさいっぱいの顔、顔。岐阜県谷汲村《たにぐみむら》の山のふもとに、ささやかながら鉄骨で研修道場が建設された。今日はそのオープンの日である。会員の人たちの真心の結集が実ったのだった。すぐ裏は栗林で、春にはカタクリの花が咲き乱れ、ササユリが気品の高い香りを放っていた。秋にはアケビの実がなり、空は蒼く、夜は星が降るようにまたたいている。そこは自然がいっぱいで心の安らぎがある。少し不便さはあっても、喜びがあり、その喜びのなか研修が開始された。

自分たちの道場が出来、いつでも誰でも安心して訪れることが出来るようになった。皆、それぞれの家から必要なものを持ち寄った。お弟子さんたちは、畑を借りて野菜作りを始める。大きな味噌樽や酒樽をいくつも買って来て樽の小屋を作った。夜になると皆でミーティングをしたり、歌を唄ったり、酒盛りをしたり、夏の夕べには食事後にダンスパーティーが始まり、私も盛栄に誘われてワルツを踊ると、皆大喜び。楽しいひとときを過ごすのであった。

研修道場は新しい建物で、研修生たちは皆その道場で寝泊りが出来た。私たちは建築現場で使い古した鉄製のプレハブを譲り受け、一階は物入れ、二階を居間として暮らしていた。夏は鉄が焼けて蒸し風呂のようになり、暑さで頭の中は真っ白、

「焼き鳥になりそうだった」

と言って笑った。研修生たちは、そのような暑さは体験していないので理解できないようであった。逆に冬は冷え切って、枕元のコップの水は凍り、バナナは冷凍バナナになってコチコチ。夜中に階下のトイレに行くのが難行で、鉄製の階段は凍《い》てついて手すりは痛く感じるほど冷たい。寝ぼけてうっかりしているとツルリと滑り落ちそうになる。すっかり目も覚めてしまい体は寒さでガタガタと震える。

そんな思いをしながらも、〝少しでも盛栄の力になり、皆の幸せのために〟とがんばった。盛栄はどのような場所にいても何ひとつ文句を言うことなく、ただ人のことを想い、その人たちのために全力を投入していた。

2　法則の学び

しらじらと夜の明け初《そ》めるころ、あたりの静寂を破って「あー」「うん」の声が聞こえる。呼吸法の「阿吽《あうん》」である。

「あー」、お腹の底から思い切り大きな声を出し、もろもろの芥《あくた》を吐き出す。

「うん」、下腹に力を入れて引き締め、善い気を入れる。

何回も何回も、自分の気持がスッキリするまで続ける。十日間の研修の始まりである。ノートやペンを久しく持ったことのないような人たちも、真剣に盛栄の講義を聴きペンを走らせる。

講義の内容は、明・善・愛・信・健・美・与の、心の法則。

明＝人はいつも明るい心になり切って、人に対して明るい笑顔で接していくこと。幸せは笑顔が連れてくる。

善＝善い言葉、善い想い。悪いことはいっさい考えないで、すべてが善いことばかりである。

愛＝愛いっぱいの心。人類愛。やさしい愛・厳しい愛・広い愛。

信＝自分を信じること。人から信用される自分であること。信じるとは自分の心、人の心を信じる。
健＝健康・繁栄・平和は、ゆとりの心から生まれる。健康がすべての始まり。
美＝美しい澄み切りの心から、美しいものが生まれる。ありのまま、そのままが一番美しい。
与＝人のために尽くし与え切っていると、いつか自分に何かの形で返って来る。与えよ、与えられん。

この七つの法則をしっかり守り実行していくことにより、幸せになり健康な人生を送れる。しかし裏の心、すなわち影の心がついてまわる。その「陰」の存在性を断ち切る勇気と決断がいる。

影の意識＝暗・悪・憎・疑・病・醜・奪

暗い、過去からのつまらない意識を、どのようにして明るい意識に切り替えることが出来るか。その心のありようを解りやすく、ジョークをまじえながらの講義の時間。

『褒め言葉は心の豊かさ』

『明るい言葉は人を生かし、暗い言葉は人を亡ぼす』
『善い言葉は善い人生を創る』

この心の法則を、それぞれの心の糧《かて》とした。私も、その人たちに混じって必死にノートに書き込み、それをしっかり心の中に叩き込んだ。ただ、学ぶだけ聴くだけでは何にもならない。その素晴らしいエキスを一つでも多く自分の細胞にしてしまいたい。そのために、すぐ実行に移すことにした。過去の自分との厳しい戦いである。自我が顔を出し、ズルズルと弱い甘えた自分の世界に後もどりする。ハッと気がつき自分を戒《いまし》める。これの繰り返しであった。「行きつ、戻りつ」という言葉があるが、正にその通りである。

3　親のエゴ　狂った息子

東京からは、和光の更紗展覧会でご縁の出来た方で、イタリアで彫刻をもう十年もやっていて相当に名のある人や、宮様に焼き物をご指導したという人、東京芸大の教授など、芸術家も次々と研修に参加された。その頃、時代劇で活躍していた女優さんも仲間に加わった。

その人たちとの交流は、芸術家に共通する魂の触れ合いがあり楽しい研修であった。

でも、そうした人たちばかりではない。宗教を次々と渡り歩き、救われぬままに藁《わら》をも掴む気持で参加した人も数限りなく訪れて来ていた。中には、年頃の息子を連れた親御さんも研修に加わっていた。

その日は会員（肉屋さん）のプレゼントで、美味しいすき焼きが始まろうとしていた。それぞれのテーブルにお肉が置かれた。その息子がいきなり立ち上がり、お肉をわしづかみにして生のまま口に入れた。そして、何ヶ所かに置かれている肉を次々とわしづかみにして、両手いっぱいに持ち、貪《むさぼ》るようにして食べている姿に、皆、息を呑んだ。正気の人間の姿ではなかった。野生化した動物そのものである。両親は止《や》めさせようとオロオロする。押し止めようとする体を、彼は強い力で撥ね退けた。母親は声を上げて泣き出した。この世の地獄に思えたのであろう。

彼は、京都でも名のある会社の一人息子で、成績はいつもトップ。親の期待感で、勉強、勉強。成績、成績で、針の穴ほどの心のゆとりも与えられず、遊び心などいっさい持たせてもらえなかった。ただただ有名大学へ入学することが親の夢であり、来る日も来る日も受験勉強に追われ、安らぎのひとときさえなかった。いつもトップの座にいた成績が、なぜか少しずつ下がり始めると、その精神状態は揺らぎ始め、蝕《むしば》まれていった。親の自我で、立派な青年をこのような姿にしてしまったことをまざまざと見せつけられて、居合わせた人たちも、皆それぞれの想いと反省にとらわれたことであろう。私はその青年がいじらしく哀れで、ここまで追い詰めた親のエゴを悲しい思いで見つめていた。その他にも、この親子とよく似たケースで訪れて来る人が何人か居た。すべてが親の自我で、立派な子供たちを廃人にしてしまっている。気がついても、もう遅い。〝もっと大らかな広い心で子供を見守ってあげて欲しい〟と、心から願うばかりである。

4　超能力に魅かれて

盛栄の不思議な超能力に魅かれて、神とも男性とも分からぬ憧《あこが》れからか、女たちは〝ちょっとでも触れられたい、触れたい〟の思いが強いようであった。遠くからわざわざ訪れて来た女の会員などは、久しぶりに会えた盛栄の姿を見てポロポロと大粒の涙を流し、他の誰の姿も目に入らないくらいで、私の存在すら邪魔のようであった。何かを取り違えている彼女の心が哀れに思えた。それぞれの、低次元的な嫉妬の念のうごめきに私は辟易《へきえき》した。うっかり油断するとその念に巻き込まれそうになり、あわてて水をかぶり心身を清めることに必死であった。

ヘドロのようなドロドロとした世界。人間の底の底に渦巻くどうしようもない醜い世界を、これでもか、これでもかと見せつけられた。そんなヘドロの中にいるから、悩み・苦しみ、いろいろな問題が起き、病に犯されたり不幸になったりする。そのような人たちの心の持ち方を〝正しく導いていかなくてはならない〟と思いながら、未熟な私には、真剣になればなるほど、多くの人たちの悪い邪念に何度も足をすくわれ苦しむことになってしまった。憧れと嫉妬・虚飾、男と女の世界、親と子の問題、等々。私にとって試練の日々が続いた。

5　訪れる人びと

岐阜の研修会が終わると、次々と狭い我が家を訪れる人たちが多くなった。毎日、朝食はパンの耳である。食パンは買えなくても、こんがり焼くと美味しい。大きな袋にいっぱい買ってもただのようなもの。どなたが来られてもパンの耳。何を食しても、心が豊かであればすべてご馳走に思える。クラッシック音楽を流し、心のゆとりを感じ合う大切なひととき。自然と音楽、心の澄み切りの美の世界にひたれる大切な時である。窓の外には西山の美しい自然があり、美しい音楽を聞きながら、〝私は生ある限り、美しい心で生きよう〟と思う。たとえひとときの静けさであっても、私には万金に値する大切な朝のひとときなのであった。

お昼も夜も誰かがいて、食事は数人、あるいは十数人にもなった。我が家の裏は、人さまの田んぼや畑が広がり、季節の野菜は種類も多く、そんな中、傷のあるものは畑のあぜ道に置かれている。私は勇気を出して農家の人に、

「このお野菜、頂いていいかしら」

と、声をかけると、

「欲しいだけ持っていき」

と快いお返事を頂いた。私は自転車いっぱいに頂いて来ることにしていた。白菜は、洗って一日干してお漬物にする。手間はかかるが、甘みが増して美味しい。なすもきゅうりも、同じようにお漬物にして皆さんの食卓にお出しすると、

「美味しい美味しい」

と、満面の笑みである。メインの料理は大皿いっぱいの野菜天ぷらであった。ご馳走は何にもなくても、私の手作りの心のこもったもので大満足。

近所の人は、

「お宅は、親戚がたくさんあるのですね」

と驚くばかりである。社会常識では、他人の人たちと食事をいつも一緒にすることなど考えられないのかもしれない。たくさんの出費と時間が費やされていった。でも、盛栄は喜んだ。人々が集まる家は素晴らしい。いつも笑い声、にぎやかな食事、私も夫の喜ぶことを私の喜びとした。

　でも、広くもない家の中に人々がウロウロすると、更紗を描いている時は気が散って困った。目に見えない微粒子のような念のうごめきに、ちょっと油断すると私の思考は犯され始める。更紗の世界には、そのようなものは微塵《みじん》なりとも侵入させてはならなかった。いつも澄み切りの心でないと美しい色は出ない。そんな時は、そっと外に出た。

やすらぎ

一歩外に出ると
そこにはいっぱいの自然があった
たんぼのあぜ道に
小さな野の花が
ひっそりと咲いている

野の草たちは夕日を浴びて
美しく輝きはじめる
今まで何気なく見過ごしてきた
草の群れに
茜色《あかねいろ》の陽の光が降りそそぎ
生き生きと
美の世界に躍動する

あぜ道の草の上に寝そべって
空を見る
雲が流れ　風がそっと吹きぬける
疲れ切った心を
やさしくなでる様なやわらかな風
次第に心は和《なご》み
美しい自然の中へと
包み込まれて行く

人々が救いを求めて訪れて来ては食事をし、
その繰り返しの日々。
家の中がざわめいて
澄みきりの創作の心にはほど遠い。
疲れ切った心を自然が癒《いや》してくれる。

6　私には何かがある

昭和五二年九月　青木盛栄　記

「私には何かがある」このことから、すべてが始まっているのである。私に与えられた不思議な能力。ここに私の阿吽の郷の出発点がある。不思議な能力、奇異なる力とはいっても、それは決して私が自慢するべきものではない。それは、私が苦労して習得したものでもなく、世の霊能者と称する人たちがよく行うように、山ごもりしたり、滝に打たれたりして身につけた能力ではないのである。荒行や苦行して得た能力であれば、多少は誇ってもよいかもしれないが、私はそのようなことは一度も実行したことがない。

不思議さを示す一例として、

例えば、私とあなたとが相対して座っている。向かい合って二人だけとは限らず、数人、数十人の人々の間に私がいてもかまわないのである。とにかく、何でもない世間話とか、笑い話でもしている光景を想像して欲しい。そのように身も心もくつろいだ状態。何の変哲もない、よく見る自然のありさまである。その時、あなたの心が開放され、リラックスした心になっていれば、普通では考えられない不思議なことが起こるのである。まず、身体の不調がたちまち快調になり、病が癒されたり、良い方向へ心が向いたり、常識を越えた現象がその人の心や身体に起こる。

「そんな馬鹿なこと……」

と、初めは誰もが口にする言葉であるが、その〝馬鹿な〟と思う一般常識では考えられないことが、現実に起こるのである。

私が、愛する心、幸せになってもらいたい心、即ち、自己を考えない『無』にコントロールするだけで、何も難しいことではない。つまり、自分のことは考えない。真空のような、澄み切った青空のような心。無・無意識・空・真空・無我の状態である。要するに、私の心が相手の幸福以外は考えられない無心の境地に到達した時、奇跡的なことが起こるのである。それは、誰が見てもごく自然で、無理矢理に難しい顔をしてお経の文句を並べたりする光景とは違う。私自身にとっては、念の集中ということはあるが、緊張した格好をしてというのではない。

どうしてそのような気楽な雰囲気の中で不思議なことが起こるかと、私自身考えてみた。的確な答えではないかもしれないが、つまり私という人間から特異な電波のようなものが念の力によって発射されているのではないだろうか。しかし、私の発する念波（集中した心の波）がいかに強いものであっても、受ける側の人が心を開いて受信する心になってくれなくては何の効果も現れないのである。

この私の能力については、これまで色々と私なりに考えてみたが、とどのつまり、よく言われる天からの授かりものとしか言いようがないのであった。

昭和五二年九月　青木盛栄　記

7　予知能力

私の予知能力については、その当人と相対した時、その人から発せられる雰囲気のようなものに触発されて、私の心のスクリーンに予知する光景が映し出されるのである。その場合、良いことの光景であったらそれを口にするが、悪いこと、不幸なことの場合は、暗示性を考えて直接そのことを口に出すことはない。

予知の対象である人物の出発点にある心理的な面に立ち入り、その人の意識の入れ替えを行う。これは、非常な困難がともなうのである。つまり、不幸なことが起こるということを口に出しては言わず、その人の意識を変革しなければならないからである。その人に〝どのような事件が起こるのか〟と、私が思考して判断するのではなく、相手と向き合うと即座に、私の心の中の言葉がスクリーンを見てささやく。自然に私の口から言葉（私は意識していない）が出るのである。私の予知は、すべてに関してであり、人命事故だけに限ったものではない。

私の予知とは、どんなものかと言われても説明に苦労する。自分の肉体の痛みを人に伝える時、痛いという感覚はあってもその種類・程度の違い、また、ただ痛いというだけではなく、どのような痛みかを伝えるのに窮するのと同じである。痛みを計量する器械などはなく、激しいとか、何々のようなとしか表現できないように、私の能力も私自身にしか判らないのである。言葉の不完全さに、歯がゆさを覚えるのであった。

8　天から言葉が降りてきた

昭和五二年九月　青木盛栄　記

昭和五一年十月十日。東京のF氏宅で、会員の皆さんとの勉強会が終わり、少し疲れたので隣の部屋で横になった。すると、私の体の中を何か熱いものが通り抜けていくような感じがしたのである。何とも表現のしようのない異様な感覚で、生まれてからそれまでまったく体験したことのないものだった。最初は、多分〝疲れたからだろう〟くらいにしか考えていなかった。

しかし、脊髄の方から頭へと這い上がってくる、熱い重たい激痛のようなものが頭に波状のように昇ってくるたびに、口が何かをしゃべりだすのだ。それは、私の意思にはない言葉である。一瞬、恐怖心にかられ、〝気が狂ったのではないか〟という思いが走った。

私は、私のものでない言葉に聞き入った。その言葉の内容は、権威ある高度な意味を持っている。これは、ただごとではないことに気づき、その言葉の記録を誰かに頼みながら、私自身恍惚境《こうこつきょう》としか言いようのない無意識の世界に没入し、周囲のことなどおかまいなしに、次々と自分の意志でない言葉だけをしゃべり続けた。

私の意識の底は、私のものでない私の言葉の意味を理解しようとした。しかし、どうして私の心にない言葉が、私の口をスピーカーのようにして出てくるのだろうなどの思いが渦巻き、その時の私の心理は実に不可解で、複雑怪奇そのものであった。その異様で不可解な言葉の羅列を、不確実なままにＴＹさんがメモしたもの、それが天言第一号の『天は愛』なのである。この、天から降りてきた言葉を『天言』といい、それを集録したものを『天言録』と名づけた。

いずれにしても私にとっては初めての経験でびっくりしてしまった。ＴＹさんにしても、速記術を身に付けている訳でもないのに、よくあれだけのものをメモ出来たものである。とても人間業《わざ》とは考えられない。また、ちょっと解らない箇所があったので聞き返したら、私は恐ろしい見幕で叱ったそうである。私はそのようなことは、何も覚えてはいないのである。

段々と慣れるにつれて、天言の出る時は予兆を感じるようになった。肉体的に言うと、脊髄から頭の先へツーンとしたものが走ると、天言が出る前兆だということが判り出したので、テープレコーダーで収録することが出来るようになった。

また、トランス状態に陥《おちい》っているとはいっても、私の自我が出ているかもしれない。神の声はスラスラと淀《よど》みのないものであるが、私の自我心がそれに抵抗しているような感じで、ゴツゴツしているだけでなく、どうしても訳の解らない箇所がある。肉体的には私が発声しているのであるから、会員さんから質問されて、しゃべった本人が返事の出来ない箇所があるのはおかしなことであるが、事実私にも解らないところがある。しかし、時間が経つにつれて、自我心を無くすことが出来るようになり、そのようなことはなくなったのであった。

9　天言を学ぶ

阿吽の郷での、毎月十日間の間にも天言が降りるようになり、盛栄はプレハブの二階の部屋で天からのメッセージをテープに吹き込む。そして、参加している全員が天からのメッセージを静かに待っている。皆、息を止めているのではないかと思われるくらいの静寂と緊張感が漂う。

初めて聴く天からの声、それは、いつもの盛栄とはまったく異なる威厳に満ちた重々しい口調で語られていた。全員、身の引き締まる想いで拝聴した。

早速、天からの教えを解り易く盛栄が講義した。尊い高度な教えを天から直《ちょく》に受ける私たちは、なんと幸運なことであろうか。この場にいる選ばれた者たちだけが、素晴らしいラッキーチャンスを与えられたのであった。どれだけの人が、どのように受け止めるか。その人の意識が神を信じるか否かで決まる。

10 「天言録」より

「天は愛」

天は愛。生きものの心は愛なり。そは、天の心のなかに抱《いだ》かれて

こそ、愛はあり。そは、生命なり。

天怒るとき、天曇るとき、人怒り、人曇る。天叫ぶとき、人叫ぶ。天捨てるとき、人捨てるなり。

哀れなる生きものよ、なかんずく人間どもよ、汝たちの心に、天の心があるか、自我の心があるか、振り返りてみよ、究《きわ》めてみよ。しこうして、己の価値を、そこに見ん。

愛は与えるもの。与うるものは空《むな》しきなり、無償なり。しかれども、与えられるもの、そは、天の愛なり。人の愛、報いを求めるや、そは、真の愛ならずして、虚飾の愛なり。

哀れ、人は愛を自我にとどめ、人に与える愛を忘却す。忘却の本来は、人のつくりし粗雑無為《そざつむい》なる心のあらわれにして、そはすべて、宇宙の心にあらず。

（一九七六・一〇・一〇）一部抜粋

「親となりたる人よ」

親となりたる人よ、何をそのように子を叱るぞ。子は汝の子にあらず、天与の子なり、神の分身なり。汝のその子には、天衣無縫《てんいむほう》・天心無垢《てんしんむく》なる心を与えてあるなり。汝らの知において、なぞ叱るぞ。汝、叱る言葉も愛の言葉と思い違いしてあるなり。

叱る言葉は、強き心なれば、たとえ愛の心ありとしても、子は本能的に、そを拒絶するが真《まこと》なり。拒絶する心は、その門を閉ざす萎縮《いしゅく》の心なり。やさしき愛の言葉は、たとえ暗く閉ざされし心の扉をも開くなり。

親よ、親よ、人、汝を親と呼べど、われは、そは呼ばず。汝は親にあらず、ただ子を追うのみなり。ゆえに、汝より、子離るるは必定《ひつじょう》なり。

何事も叱るなかれ、褒めよ、たたえよ。そは、子に与える栄養剤なり。子は、常に知を求めんがために、親の一言一句を、心におくものなり。子は、汝の姿そのまま、あらわすなり。汝の鏡なり、心せよ。

また、子にしても、汝、叱られたるときこそ、大いに喜べ。そは、汝が生きてある証左《しょうさ》なればなり。

（一九七六・一〇・二三）

「気力」

人、生きてあるごとく見ゆれど、心亡失したるは屍《しかばね》なり。絶えず前途に目的を持たず、無意味なる日々を暮《おく》るは、それぞ、瓦礫《がれき》のごとき人なり。

人と生まれし限り、何かを成せ、何かを志《こころざ》せ。人は生命消ゆるまで、気の力を出し、己、時々刻々気の働きあればなり。

病《やまい》にある者、己の気力、すべて出し切りてあるやを想うべし。気力、髪の毛の先までみなぎらせ、出し切りてありや。汝に与えてありし、気の力・忍耐・勇気、力いっぱい、たぎらしてみよ。そは、一毛《いちもう》の気力をも惜しむな、出してみよ、出るものぞ。

気は、呼吸のそれのごとく、吐く息大なれば、大きく吸えるものなり。それぞ、神の与えし智恵なれば、存分に使うべきなり。

病・苦悩にある者、気力の強弱により、重軽・大小あるなり。忍耐・勇気、己の気力、爪の先まで力いっぱい出し切りてみよ、病苦は逃げ去るなり。すなわち、気力の汪溢《おういつ》したるは万薬に勝るものなり。

（一九七七・七・七）一部抜粋

「心の達人」

人は皆、幸せを求むるがゆえに、不幸を恐るるなり。元来、心の本質とは幸にして光明なり。生命の生・死のごとく、己自覚せずして、天より支配されてあるもののごとし。人は生きてある限り、幸せははじめより完《おわり》まで与えられてあるものなり。

人間の生涯とは、人それぞれの心なる、信念・思考・感情によりて表現さるるものなり。すなわち、己の心にて組み立て、まきし種なり。

悪《あ》しき心にて組み立て、種をまかば、善きものはでき難きものなり。

およそ人の生業においても、人に対するは物にあらず。念と念の交叉《こうさ》なすものなれば、幸せへの要素は、そこにおいてぞ生ずるなり。幸せの要因をなす明・善・愛・信・健・美・与の心の有無によりて、幸・不幸を生むは当然なり。

元来、人の多くは、己、幸せを求むる心持ちながら、己の望み好まざる取越苦労・不安等の不幸の原因を想像し、念じて祈るごとくしてあるなり。想像は創造を生むごとく、取越苦労・不安の種々を実現さしてあるなり。
汝たち、幸せへの原理は、己の心を構成なす資質に起因なすものなれば、己心《きしん》よろしく理解・納得なし、幸せを確持《かくじ》できうる心の達人となるべきなり。ゆえに、常に他人に愛念を送り、幸せの念なる明・善・愛・信・健・美・与の心を送ることこそ、肝要なり。汝たち真剣に成してみよ、成さずして成るは難きなり。

（一九七八・一一・二五）

「この者、青木盛栄に」


この者、青木盛栄にわれはなり、与えるなり。与えるは無なり、ただなり。

愛は報いられるものにあらず、与え切るものなればなり。報いるものを求むるは、真《まこと》の愛ならずして、虚飾の愛なり。

哀れ人は、愛を自我においてとどめ、人に与うるを忘却す。忘却の本来は、人のつくりし粗雑無為《そざつむい》なる心のあらわれにして、そは、すべて宇宙の心にあらず。人よ、人よ、神の心にかえれ。

この者、青木盛栄は、四十一億四千万光年の彼方よりの生命の光にして、虚無・虚心の光なり。この者、青木盛栄に、地上のすべてを掌握《しょうあく》さし、支配する能力《ちから》を与えるものなり。されば、人心《じんしん》に反省を求め続け、宇宙の法則にしたがうべきにありて、否定すべきにあらざるを知らしめ、導かんがためなり。

この者、青木は、この地球上に存在する汝たちの光とせんがためなり。そは、栄えなり、喜びなり、平和なり。汝たち、感謝せよ、愛に報いよ。

この者、青木はわれなればなり。

（一九七六・一〇・二六）一部抜粋

「天言のはじまり」

『天は愛。生きものの心は愛なり…』

一九七六年一〇月一〇日朝、異様なコホロギの声とともに、盛栄の口を通じて次々と語られる不思議な言葉は初めて耳にする言葉であり、とっさに〝これは大変なことが起きた〟と感じました。地球上の人類の意識・行動、すべてが天の法則に反し、いずれ地球さえも滅亡させるかのような自己中心になり下がった人間に、今こそ反省をうながすべく、天が青木盛栄に重大な使命を与えられたのでした。

それから二年半程、次々と天言が降り続け、盛栄も私も大変な経験をしました。夜中だろうが、何処にいようが、時間・空間は関係なし。ゆっくりと心身を休めることもできずに、更に、私の上には、生きて行くことを拒《こば》みたくなるような試練が天から与えられたのです。その当時の私には〝なぜ、こういう辛《つら》い苦しい想いをするのか、天は何をせよといわれるのか…〟という疑問が解《と》けず、それは辛い辛い日々でした。本来であれば、天から素晴らしい言葉を頂いて『人の為に、人類を救う為に』ということなのですが、〝なぜ、この様な試練を与えて私を苦しめるのだろう。もう、こんなの嫌だ。早く終わって欲しい〟と願ったのです。その苦しかったこと。しかし、やっと原因がわかったのです。

「ノアの箱舟」という昔の物語。ノアは、神から「息子を生贄《いけにえ》にせよ、殺せ」と命じられ、神を信じ切っているかどうか試された。神に従い、息子に刃《やいば》を突き刺そうとした時、「待て」という神の声がきこえて来たのです。〝そうだ、私もノアと一緒だ〟色々な試練を与えられたのは、天を信じ切っているか否かを試されたのだ。そして、それを乗り越えたご褒美が、日本政府から文化使節として、独自で創作した寿恵更紗の展覧会をローマで開催して戴くことになったのです。それ以降、世界各国から招聘《しょうへい》を受け、様々な国々の文化や他国の人々と交わって、何物にも代え難い名誉あるお役を、天から与えられたのでした。貴重な試練を乗り越えて、天からの言葉を受けさせて戴く、命をかけての天の言葉であったのです。

11　盛栄の決断

不治の病をかかえた難病の人たち、悩み、苦しみから逃《のが》れられない人たちを次から次へと指導し、パワー全開で命をかけて救ってきた盛栄であったが、すべての原因はその人の持つ心の在りようが病をつくり、悩み、苦しみをつくっている。その現象のあらわれた結果だけを救っても、原因の心の在りようを正していかなければ、また、元にもどることは間違いのないことである。病気癒しでは人の意識改革はできないことを悟った。

今の社会の現状は、心の大切さも言葉の大切さも見失い、自分勝手に生きている人。未来の希望さえも見失い、何を信じて生きていけばよいのかも分からない人たち。体は健康であっても心は病んでいるのである。

盛栄自身が過酷なまでの生きざまを通して体験したことから、

「生命の法則を知って健康を」
「自然の法則を知って繁栄を」
「心の法則を知って平和を」

此の三つの法則を基本に全国各地の多くの経営者、社員、家族と共に学べる場をつくり、誰にでも理解できるように説いていこうと決意した。

第七章　今日限りの命

1　突然の訪問者

東京で大きく印刷会社を経営していたが倒産し、巨額な借金で立ち直れなくなり、

「青木先生のことを人から聞いて訪ねて来ました」

と、今にも死にかねない暗い顔をした、六〇がらみの男性が訪ねて来た。やっとたどり着いたという感じで、

「何とか救ってほしい」

と切羽詰ったその人の話に哀れを感じ、〝このまま突っぱねて帰せば、恐らく自分の命を絶《た》つに違いない〟そう思った盛栄は、いつもの正義感で、

「よし、何とかしよう」

と引き受けてしまった。

その人は東京大学を出て、今まで何不自由なく贅沢な生活をしてきたようであった。ボロボロに崩れ果てた自分を、どうしてよいのかわからないその男性の様子を見て、岐阜の道場で一〇日間の研修中は身柄を預かること、その上、借金の手形の返済まで肩代わりする約束を盛栄はしてしまった。

私は内心驚き、どうやってその金を工面するのかと思った。現在、大勢の人たちを救って

いくために、色々と資金が足りず大変な思いをしているのに、この上、毎月何十万ものお金を作り出さなくてはならないことになった。最初の手形は三十万円。その上に生活費も……とのことで、四十万、五十万と、段々高額な要求になり、私は戸惑った。今までなんの縁もない見ず知らずの人に、ただ困っているからと言ってこのような大金をどうして毎月送金しなければならないのだろう……。

「これはどういうことなのか……」

と、たまりかねて夫に問いかけた。盛栄は、

「困って頼って来た人を見捨てるわけにはいかない。お前はお金を出すのが惜しいのか」

と強い言葉で私を叱った。必要なだけ収入があれば何も言わなくとも済む。我が家には、お金のなる木があると思っているのかもしれない。道場の資金のやり繰り、私たちの生活費。その頃、我が家には毎日だれかれとなく訪ねて来て食事を一緒にする人たちが数多く、それだけでも大変な出費であった。

2　天に訴える

必死の想いで頑張らないと、人との約束を果たすことは出来ない。来る日も来る日も、片時も休みなく更紗の筆を運ばせた。自分を無にする心になり切るために水をかぶり、自然の中に心のやすらぎを求め、大きな自然の心に包まれてまた蘇り、更紗を描き続ける。

そのうちに右腕がキリキリと痛みはじめ、気力だけで描くという日が続いた。夜は寝返りも出来ないほどで、上を向いても痛みはますますひどく、左手を肘立てして、その上に右手をそっと乗せて休むことにしたが、眠ってしまって寝返りでもしようものなら、あまりの痛さに奇声を発して飛び起きる始末であった。盛栄はそんな時、そっと腕を撫でてくれた。眠りの浅い日が幾日も続き、それでも朝起きると筆を持つ。痛みに耐えかねて筆をそっと置き、腕をさすりながらただ〝ありがとう、ありがとう〟の言葉をかけるのであった。

そんな状態が何ヶ月もつづくと、肉体も精神も極限に達し、もうボロボロに崩れそうになりながら、ただ残された細い糸筋のような気力だけのある日、私は、天に、神に対して思わず文句を言ってしまった。

「神よ、いつまで私に耐えよというのか。もう命ぎりぎりまで人に尽くし、与え切った。それでもまだ与えよというのか」

と私は叫んだ。涙で顔がグシャグシャになりながら天に訴えた。〝どのような天罰を、この身に受けようと仕方のないことだ〟と覚悟を決めていた。

3　大きな栄誉のお返し

そんな時、東京の和光ギャラリーで個展を開いた時に知り合った方から、

「外務省に申し込んでいた、ヨーロッパでの更紗の展覧会の第一次審査が通った」

と知らせを受け取った。次は第二次審査で、多くの申し込みの中からたった二人が国会や芸術関係の人たちによって選ばれる。その頃の日本は、文化活動に対して資金の援助も少なく、大変難しかった。無名の主婦である私は、〝恐らく駄目だろう〟と囁《ささや》かれた。しかし、奇跡は起きた。天は私を罰することなく、救い上げて下さったのだ。

「イタリアのローマ、西ドイツのケルン、ベルリンでの展覧会が決まった」

と知らせを受けて、私の心は喜びに打ち震えた。日本の国の費用で、ヨーロッパでの更紗の個展が開催されることは夢のような出来事である。グループ展ではなく、ただ一人の作品展覧会。人間の力では到底考えられないことを天は与えて下さったのだ。

〝天から、国から、大きな栄誉のお返しが来たのだ〟と私は思った。何と素晴らしいことであろう。大勢の人たちの幸せのために、命懸けで与え尽くして来たことは間違いではなかった。ヨーロッパ展のための創作が始まった。源氏物語、東海道五十三次、外国の人たちが喜びそうなものも加えることにして、着物二三点、小物等、手の痛みを乗り越えて希望に心を燃やし、天の愛に報いることに専念した。

4　寿恵更紗　海の彼方へ（ローマ）

（一九七七年）

イタリアでは学生暴動が起き、空港も街も厳しい警戒であった。古きローマ時代、大勢の奴隷たちの汗と涙の匂いが残っているような黒いデコボコした石畳の道。それからどれくらいの年月を経たのであろうか。ビルの谷間のその石畳は、なぜか印象的であった。

ボルゲージェ公園の一角にある日本文化会館は、吉田茂氏が外務大臣の折、イタリアから提供されたと聞いた。落ち着いた雰囲気の日本風建物である。ここで、私の更紗の展覧会が開催されるのだと思うと、身の引き締まる想いがする。広大なボルゲージェ公園の中には、各国の文化的な建物や博物館が集まっており、さながら芸術の都である。

館長、学芸員二人、日本から私たちに同行された方たちと共に文化会館から夕食の招待を受けた。案内された所はシーフードレストランで、ローマでは高級な所らしく、私たちは公式の招待として座る場所も決められており、私は盛栄より上座であることに戸惑った。ボーイが大きな籠《かご》に新鮮な魚を色々取り揃えて、肩の上に乗せて持って来たのには驚いた。魚と料理方法は、それぞれの好みに合わせて注文する。アサリがスパゲティーの上に山盛りに乗ったボンゴレ。これは前菜になり、後から次々と料理が出てくることを知らされ、〝食べきれるかしら……〟と心配になった。

イタリアの国はすべてがのんびりとしていて何事もスムーズに運ばず、日本では一日で済むようなことでも五日も六日もかかるようであった。毎日、午後一時から四時まで昼寝をすることになっており、その時間はすべてがお休みになり、あくせくしようにも出来ない国のようであった。ローマの街を歩いてみても、彫刻がいたるところにあり街全体が美術館のようである。ホテルの近くの国立絵画館の中には、絵画の歴史ではまだ初期の頃からの、絵の表現に移り変わりがあり、部屋から部屋へと時代は流れ、私は興奮の連続で、何を見ても感動で身震いが止まらず、本物の芸術の世界に浸り切ることの喜びを味わうことが出来て幸せだった。

古代ローマ遺跡の大きな石の円柱は、何百年、何千年もの世の移り変わりを見てきたであろう。栄華を極めたローマ時代の名残りが、変わり果てた姿となり、今なお塔はそびえ立ち、その壊れたレンガは私たちの目の前にある。そのすぐ側では五百年も経た建物のまま、現代ローマ人が生活を営んでいる。アッピア街道、その昔シーザーが通った道だと聞かされて、いつか見た映画のシーンを思い出す。

ボルゲージェ公園内にある博物館には、素晴らしい大理石の彫刻がたくさん展示されていた。これだけの繊細な線が表現されていることに、硬い石を感じさせない肌のぬくもりと、生きた血が流れているような静脈の線。身にまとう衣は柔らかなウェーブを風になびかせ、今にも動き出すのではないかと思えた。今もなお、生き生きと息づいている作者の心なのであろう。生命をかけた芸術品に接して、涙の滲《にじ》む想いがする。

5　日の丸の封印

オープンの日も近づき、会場のガラスケースの取り付けが始まる。日本では二日くらいで出来上がることが十日もかかるとのことである。泥棒の多い国で油断が出来ないため、ガラスケースにはすべて鍵がかかるようになっていると聞いて驚く。展覧会の案内状もイタリアらしく、色彩感覚のステキなものが出来上がった。

十日ほど経って、イタリア政府からやっと更紗の作品が日本文化会館に届けられた。日の丸の封印をつけた木箱を目の前にした時、私の胸は感動で熱くなり、言葉もなくジッとその日の丸を見つめていた。日本にいる時は、日の丸には特別に心を動かされることもなく過ぎていたのに、〝日本を代表する文化使節として、今、ローマに来ているのだ〟と、大切な大きな使命に身震いするのを感じた。

「作者が、自ら封印を外して下さい」

その声に、ハッと我に返った。日の丸の封印を外す手が震える。目頭が熱くなり、涙が滲む。私の魂を込めて描きためた作品たち。私の喜び、悲しみ、苦しみを知り尽くしたものたち一点一点を取り出して、ガラスケースの中へ展示していく。それぞれに胸を張り、誇らしげに美しくきらめいている。もう私から離れて、ひとつの個性を持って息づいているのである。

私は不思議な思いで見つめた。やはり、天が私を通して描かせたものであった。〝私ではないのだ〟と、強い実感として受け止めた。更紗の作品も、ローマの地での展覧会も、すべて天からの贈り物であった。

ローマ文化会館において、青木寿恵《すえ》更紗展のオープンの日が来た。オープニングパーティーが開かれ、世界の大使館や美術館より芸術家、それぞれ名士の方々がご夫妻で続々と集まって来られた。盛栄は紋付き羽織袴《はおりはかま》、私は訪問着で出迎えた。文化会館の館長はじめスタッフの方たちは、この成功に興奮気味であった。日本の大使館からも、公使夫妻がお祝いに駆けつけて下さった。

会場全部の作品を一人で創作し、緻密《ちみつ》な模様を美しい色彩でまとめ上げてあることに、皆驚き、感激の声、声。わざわざその感動を、私の手をとりキスをしてイタリア語で、「モルトベッラ」(素晴らしい)の連発である。会場は興奮と感激の場と化し、そんな中、更紗《さらさ》の着物は堂々とした風格で美を誇っている。私の今までの苦労が、〝一瞬にして報いられた〟そんな想いが心の中に広がっていく。まるで夢の中にいるような、現実ではないような、イタリア語の飛び交う中で白昼夢を見ているようであった。

6　気力と根性の精神力

結城紬との出会い以来、更紗とのご縁も出来て、東京・銀座のミキモトで

「結城紬と一緒に、更紗のヨーロッパ帰国展を開催したい」

と、結城の会社の社長さんから申し込みを受けた。年内には、ドイツから作品も返送されてくると見越してのことであった。翌年の一月半ばにオープンすることが決まった。急なことでわずかな日程しかなく、毎日、結城紬の上に更紗を描く日が続いた。

イタリアのローマ、西ドイツのケルン・ベルリンでの更紗展。日本文化使節としての重い役目も無事に果たしてホッと休むまもなく、立て続けの重責に肉体も精神も極度に疲労し、その年の暮れにはすっかり体調を崩してしまった。虚脱状態のような日々が続き、食物も受け付けない。夜は寝返りを打つのも困難な衰弱ぶりで、普通であれば入院してゆっくり養生《ようじょう》しなければならない状態であった。しかし、朝、目が覚《さ》めると気力と根性の精神力だけで筆を持った。なんとも無謀極まりないこと、きっと、生命にこだわる心を捨てていたのであろう。家の中には、私たちの他にも常に誰かがいた。年老いた盛栄の姉も、四国から招いて我が家に一緒にいる。

その頃、真っ黒な烏《からす》が我が家の裏の垣根に飛んで来ては、カァー、カァーと不気味な声で鳴いていた。烏は霊鳥といわれていて、人が死ぬ前には必ず姿を見せて大きな声で鳴く。そのことを知っていた義姉は気味悪がって追い払ったりしたが、またすぐに集まって来るのであった。義姉は私の肉体が日増しに衰弱していくようすを見て、〝もしかしてこのまま元気になれないのでは……、死んでしまうのではなかろうか……〃と心配し、といって、誰にもそのような不吉なことを話すわけにもいかず、一人で気をもんでいた。

　年も改まり、一点でも多く描き上げようと、気力だけで筆を持つ日が続いた。今度は突然出血が始まり、今までにない多量のもので驚いた。体の調子がすっかり狂い始めたような、そんな気がした。〃もう駄目かもしれない〃、ガタガタと崩れていく肉体の症状に、ふと暗い心がよぎる。それでも医者にも薬にも頼らなかった。もし医者に行けば即入院に決まっている。今まで頑張ってきたことが無駄になり、盛栄の意志にも反することになる。命がなくなるようなことになっても、今の私には何も悔いはない。

　命懸けで描いた更紗のヨーロッパ展を各国で開催することができ、日本文化使節としての大役を果たした今、〃もう何も思い残すことはない〃と覚悟を決めた。そして今、自分に出来るだけのことはやり抜こうと思った。私がこの世にまだ必要とされるなら、天は生かして下さることであろう。もう私の使命がこれで終わりであれば、それはそれでよい。自分の命は天に預けることにする。死を恐れる心はなくなり、心は平静になった。

7　精神と肉体の闘い

身体はすっかり衰弱し、立って歩ける状態ではなかったが、オープンの前日、無理を承知で盛栄と二人で上京した。顔はすっかり腫れ上がり、ぶつぶつとしたものが顔から首にかけていっぱいに広がり、まるで別人のように見苦しいものであった。会う人ごとに皆は驚きの声を上げ、

「どうされたのですか」

と聞かれる。東京まで行くことが出来たこと自体、不思議であった。無意識で立ち、歩き、行動しているようで、自分でも意識がぼんやりとしていたが、気力だけは〝しっかりしよう〟と自分を励ました。

ミキモトの会場へ着いてみると、皆大騒ぎをしていた。ヨーロッパから、まだ更紗の作品が届かなくて気を揉んでいたのだ。他の結城紬はすっかり展示が終わっているのに、更紗の広いスペースだけがガランとしていて、作品の到着を待っている。〝間に合ってくれ〟という切なる願いが、皆だんだんと祈りに変わっていく。外務省に問い合わせの電話、

「もう、東京の税関には到着しているが手続きが済んでいない」

というのである。皆、出たり入ったり。果たしてオープンに間に合うかどうか。どうしよ

うもない苛立《いらだ》ちのようす。私はまるで夢遊病者のように、ただぼんやりと眺めていた。

夕方暗くなって、外務省の係りの方の付き添いのもとに作品がやっと着いた。皆、一斉に万歳の声が上がる。ヨーロッパ各国を廻り、日本文化交流の大きな使命を果たして帰って来た更紗の作品たち。愛《いと》おしさに胸が詰まる。

「ありがとう、ありがとう、よくやってくれた」

私は心の中で手を合わせた。私の創った更紗の作品であっても、一点一点、それぞれに人格のようなものを備えていると私は思っている。やっとオープンに間に合って、夜遅くまでかかって展示した。

ホテルに着くとドッと疲れが出て、身動きが出来ないほどであった。それに、見苦しく腫れ上がった顔を人前にさらすことを考えると心が重い。タオルを冷たい水で絞っては一晩中冷やしてみた。眠れぬままに夜が明けて、鏡に映る顔は今まで見たこともない別人であった。真赤に腫れ上がった顔、まぶたはほとんど開いていない状態であった。〝二目と見られぬこのような見苦しい顔のままで、来賓の方たちの前に私は立たなければならないのか……〟日本文化使節として、ヨーロッパを歴訪して来た更紗作家として、何とも恥ずかしい、最低といっていい姿であった。

女性であれば誰しも、一番美しく輝いている姿で人前に立ちたいと願うのは当然のことで

あろう。盛栄は、一言も
「身体の具合はどうか」
「大丈夫か」
とは、聞かなかった。ただ、健康な姿を想念して祈り続けていたに違いない。私は覚悟を決めて挨拶をすることにした。肉体と精神の闘いであった。ともすれば負けそうになる肉体心に、歯を食いしばって頑張った。一週間、気力を出して着物姿で会場へ通った。今にも倒れそうになりながらも、責任を果たすことに懸命であった。

8　魂を染め込む

ちょうど、銀座・和光もすぐ近くにあり、I部長も足を運んで下さった。その際に、

「ヨーロッパ展の、帰国記念の展覧会を是非やらせて頂きたい」

との申し込みを受けた。

ミキモトでの展覧会が終わり、身体もしばらくゆっくり休養をとることにより、日増しに回復していった。やはり、恐怖の心を捨て天にお任せして〝無〟になれたことで、また一層

自信が付くことになった。医者も薬も必要ではなかった。

和光展には『ローマの夜明け』を、古代縮緬《ちりめん》地に振り袖として創作することにした。茜色《あかね》に染まった夜明けの空を、黒い羽を羽ばたかせて鳥が何十羽となく優雅に舞っている。はるか遠くにバチカンドームが浮かんで見える。ベランダには、色とりどりの花が美しく咲き乱れていた。ローマで感じた華やかさを表現する。

ケルン大聖堂は、ドームの中の澄み切りと、ステンドグラスを通じて光が様々に美を生み出している。一歩、聖堂へ足を踏み入れた時の心のときめき。外のざわめきの世界から身の引き締まる心の世界へ。外の明るさから暗い堂内へ。そうした心理的な表現が出来ればと思い、自分の心を澄み切らすことに努めた。どうにもならない心の高ぶりを制するために、水をかぶり、自然の中へ身を置いた。作品を一点創作するためには、どれにも自分の生命を懸けた。昔の物語に、鶴が自分の羽根を抜いて織物を織り上げたように、私は、一筆、一筆、魂を染め込んだ。結城紬地に、『ケルン大聖堂』が出来上がった。

9　失語症

盛栄は、普通の人間にははかりしれない超能力を天から与えられていたが、また奇行としか思えないような行動をすることも少なくなかった。何も食べずに雪の降りしきる田んぼの真ん中で何時間も立っていたり、救うためには一般常識では考えられないような人との接し方をしたり、それらをどう判断すればよいのかさっぱり理解できないことも少なくなかった。最初のうちは、驚いたり、心が騒いだり、苦しんだり、荒れ狂う高波に翻弄《ほんろう》されているような戸惑《とまど》いの日々であった。

毎日の言葉遣いひとつにしても厳しいものであった。お互いに忙しくて暇がなく、夫と顔を合わせて話をするのは食事の時だけに限られていた。うっかり気を許しておしゃべりを始めると、

例えば、「私が」と発した言葉は、自分の我としての言葉であって、

「私はと言え！」

と、強い大きな声で叱り飛ばされる。自分のことはいっさい何も言うことは出来ず、ただ人の幸せを願い、喜ぶ話をするようにたしなめられる。愚痴ひとつこぼすことも出来ず、人の批判は絶対に口にしてはならない。一般的な冗談を言って笑わせようとうっかり口にすれ

ば、目の前においてある箸や器が飛んできた。私はなぜ盛栄を怒らせたのか一瞬わけもわからず、ただ

「ごめんなさい」

と謝るしかなかった。そばに人がいても平気だった。皆驚いて、何がどうしたものか理解出来ないようで、ただオロオロするばかりである。そのうち私は利口になって、物が飛んでくる気配を感じると、彼の目の前の物を素早く片付けることにした。私の動作があまりにも素早いので、おかしくて怒りも笑いに変わっていった。

盛栄は、

「寿恵を、生きた芸術品に仕上げるのだ」

と、いつも口癖のように言っていた。その目的のためには、普通の女であってはならない。

「ひと言の言葉、思考、行動、いつも深く考えた上で行動せよ」

と言うのである。私にとっては大変な試練であった。迂闊《うかつ》にものも言えない。次第に無口になり、そして発音が臆病になり、いつも考えながら言葉を発するようになった。いつしか言葉がスムーズに出なくなり、人との対話が億劫《おっくう》になっていった。過去の意識からの、厳しい脱皮の日々であった。

10　今日限りの命

眠りの浅い　そんなとき
私は大きな光をみた
大きな太陽だった
生きる力を失ったとき
そこに　光があった

『今日限りの命』天からのひらめきの言葉。朝、目が覚めてから、夜、寝るまでの命であると心に決める。一日限りの命であればその日、力いっぱい生きれば良い。〝明日はないのだ〟そう思うことにより、気持が楽になった。どのような苦しみにも耐えられる。その上、時を大切にするようになる。今日限りの命なのだ、充実したことが出来る。明日、幸いにして目覚めることが出来ればそれはありがたいことで、また一日頑張ろう。そのように心をコントロールするようになり、『今日限りの命』と紙に書いて、いつも目にするところへ貼っておいた。

朝陽に輝く露の玉のように、一瞬の命の輝きでありたいと想った。そして、夜明けに美しく花開き、一日いっぱい咲き切ってその日の命を終え、夕方には散っていく芙蓉《ふよう》の花のごとく、美しく咲き切る一日であるようにと願った。

露の玉になりたい

キラリと輝き消えてゆく
朝のひとときの生命《いのち》であっても
私は露の玉になりたい

朝　陽が輝くとき
空気の　そして大気の澄み切り
まだ何物にも汚されない
そんなとき
キラリと光り消えてゆく
一瞬の生命《いのち》であっても
私は露の玉になりたい

しらじらと夜の明け初める頃
露の玉はしっとりと眠っていた
実った稲穂の上に
あぜ道の野の草の上に

大きく赤く輝きながら
朝陽は夜明けの薄明かりを
次第に明るさを増しながら
天空に昇る

その光を全身にうけて
露の玉は
嬉しさに喜びに震《ふる》えながら
力いっぱい輝きだす
キラキラ　キラキラ

ひとときの生命《いのち》であっても
露の玉はキラキラときらめき
人知れず消えてゆく
大気の澄み切りのときの生命《いのち》なれど
私は露の玉になりたい

芙蓉《ふよう》の咲く

夏も終わりに近づく頃
陽差しはまだ真夏日
朝の陽の光をいっぱい受けて
芙蓉は美しく花開く
一輪　二輪……
日を経るにつれてその数は増えてゆく

吹き渡る風も秋の気配を感じる頃
数え切れないくらいに咲き競っている
透《す》き通った心に染《し》みる美しい色
おはよう
私はそっと声をかける
花びらに宿した露の玉は
キラリと光る

いつくしみ　愛した花も
生命《いのち》を終わろうとしている
けなげに　清楚《せいそ》に
生命《いのち》いっぱい咲き切った芙蓉の花
ありがとう　ありがとう

私は心からねぎらい
その花の尊き生命《いのち》に決別をする
一抹《いちまつ》の淋しさが
心の中をよぎる

私の人生も芙蓉の花の如く
人の心に爽《さわ》やかさを残して
咲き切りたいと想う

手足も凍るような寒い冬の朝、私は家を出る。吐く息は白く、野道は霜にすっぽりと覆われていた。その上を、サクサクと歩む。足跡だけが緑色に蘇《よみがえ》り、美しい絵模様が出来ていた。朝陽が昇り始めると、いっせいに無数の小さな光が輝き出す。

夏から秋にかけては、露の玉が稲穂に宿り、そのきらめく様《さま》や、さらにそれらの反映を通して草花もまた微妙に移ろうようすを感じ取り、光と影は妙なる色彩を作り出す。変転極まりない一期一会《いちごいちえ》の生命《いのち》であるゆえに、何気なく見過ごせば同じにしか見えない花や草であっても、その日、一日のうちにも刻々と表情を異にしているものである。

私の作品に生み出される更紗《さらさ》模様の色彩は、普段から蓄積されてきたものを、蚕《かいこ》が糸を吐き出して絹糸が出来るのに似ている。自然と共にその四季の移り変わりを肌に感じ取り、より高い感性に磨き上げ、その自然の色が更紗の中に染め込まれていくのである。

第八章　寿恵更紗《すえさらさ》　世界の旅展

ステンドグラス

潮が満ちてくる
もうすぐ足元まで満ちてくる
ひた　ひた　ひた　と
満ちてくる
私にはわかる
神の潮《うしお》の音が……

満たされた時
私は何をするのだろう
ステンドグラスの陽《よう》の輝き
ドームの中の薄暗い陰《いん》の世界を
私は布の上に
神の心を染めるだろう

1　ロマンティック街道の旅

（一九八六年）

真っ赤なひなげしの花が咲き乱れ、まるでモネの絵の様であった。むせぶような花の香に包まれてひとときを過ごすことができたら……と、叶わぬ願いを乗せてバスは無情に通り過ぎて行く。ウィーンの森では夕闇迫るころ、ヨハンシュトラウスのワルツの調べが流れる。孔雀《くじゃく》は大きな羽を広げ、人々はダンスに興じる。夕焼け空を見上げると、鳥たちもまるでワルツの調べに乗って舞っているようであった。ベートーベンの、耳が聞こえなくなってから住んでいた家も、ザルツブルクのモーツァルトの家も、ただ慌ただしく通り過ぎるくらいの時間しかなかった。次から次へと移動するのに多くの時間が費やされていく。

美しいチロルの街も夜遅く着き、ペンションに一泊しただけで早朝出発する。美しい景色を肌で感じ、その感触をしっかりと受け止めることも出来ない。チロルには以前からゆっくり訪れたいと思っていたのに、それも叶わない。朝起きると雨が降っていた。

「少しの時間でも歩いてみよう」

と、盛栄と二人、傘をさして散歩をする。見たこともない野の花が雨に濡れてひっそりと咲いている。私は思わず摘《つ》んでしまった。スケッチは、バスに揺られながらの慌ただしい時しか与えられない。それでもあこがれのチロルの野の花、可憐《かれん》な花との巡り逢いに私の心は満たされる。

ヨーロッパ、ロマンティック街道の旅、その様な名目のツアー旅行に初めて参加することになり、六月の中頃、盛栄と出発した。国から国へ、街から街へと移動することだけに忙しく、次々と移り変わる美しい景色をバスの窓から眺めて満足するしかなかった。今までのようにのんびりと気楽に行きたい所へ行き休みたい時は休む、そんな自由な旅ではなく、すべて団体行動であり、息をつく間もないほど忙しい旅のスケジュールが組まれている。

ベルギーでは女の人がレースを編んでいる。美しい真っ白なレース。夏のカナダで咲いていたレースの花、まるでアン王女のレースの様であった。パリのノートルダム寺院のステンドグラスは、ケルン大聖堂とはまた違った感動があった。古い時代に創られたステンドグラスは、不純物が中に混じっているために、かえってその色の輝きは深みを増し、私たちの心に訴える神秘的な色彩を漂《ただよ》わせていた。私の愛用している草木の染料とまったく同じである。

超スピードで駆け巡る旅ではあったが、私はステンドグラスをインテリアの作品創りの題材に選ぶことにした。新しい創作の世界は、厳しくもあり楽しくもある。また産みの苦しみでもあった。神秘的な光の輝きを布の上に表現することは、思ったより難しいことである。何いつも澄み切りの聖堂の中へ自分の心を置いてみる。想像の世界から創造の世界へ……。

点か出来上がった。

2　肉体の衰弱

そんな頃、体の衰弱が目立つようになり、食物も受け付けなくなって、肉屋の前を通るだけでケースの中の赤い肉片に吐き気をもよおす。食物に油が少しでも入っていると、食べた物を全部吐き出す始末。お腹は空いているのに、食べることが出来ない。コーヒーも駄目。過去に色々な病気をした経験があるので、これはどういう病気の症状か医者に行かなくても見当がつく。右上半身がうずいて夜もろくに眠れない。あまりにも衰弱しやせ細った私の姿を見て、姉たちは病院へ行けとやかましく言う。知人は、

「癌かもしれない……」

と、囁き始める。それでも我が家を訪れるお客様には、足を引きずってでも手作りの料理でもてなすことにしていた。自分が食べられないのに料理を作るというのは心身ともに負担であった。体が悪いことは、盛栄には一言も言わない。また盛栄もそのことを話題にはしなかった。

お腹に力が入らなくなり、度々めまいが起こる。夜、休むと背中にくっつく様なお腹にな

っていた。骨は目立って出っ張ってきている。夜中に目が覚めると、暗い部屋の中で〝私は元気になれるのだろうか〟と不安な気持ちにさいなまれる。もし病院に行けば、すぐに入院だろう。私は今まで、それこそ気力を振り絞るようにして生きてきた。そして、盛栄にも、人にも尽くし切ることが出来た。『今日限りの命』……この精神で生き抜いてきた。〝いつ生命が終わってもよい〟と思った。やるだけのことはやったのだ。〝思い残すことはなにもない〟。覚悟を決めて再び筆を持った。一時間ほど筆を持って描いていると息苦しくなり、しばらくは静かに音楽でも聞きながら横になる。そして、また気力を出して筆を持つ。しかし、そうやって出来上がった作品はどれも気力に欠けていて、色彩も重く沈んでいる。美しい澄み切った色が出ていない。〝今までと同じように色を作り彩色しているのに、なぜだろう……〟。私は自分自身を病人にしたくなかった。〝病気に負けたくない、最後まで創作の世界に生きていたい〟切にそう願った。筆を持って最後を全うしたかった。

精神力だけで生きているようなもので、ちょっとした心の緩みで負けるかもしれない。ボロボロになって今にも崩れそうな肉体である。

フラフラしながらも盛栄と一緒に、招待される色々な集まりに顔を出した。耳元で囁くように

「どうなさったのですか」

と、やせ細った私の姿を見て人々はそっと聞いてきた。私は、
「ダイエットをしているの」
と小さな声で答えた。

3　チャレンジ

色々と無理をするせいか、なかなか元の元気な体に戻れない。歯痒《はがゆ》くもどかしく、〝焦ってはいけない〟と自分を励ますことに必死であった。やがて〝これではいけない〟と気付く。何か、自分の精神力を奮い立たすようなことをしなければ、立ち直ることは出来ないと思い、私は一つの決断をした。

〝自分の力で更紗の展覧会をしよう〟。今までは日本や外国の政府・美術館、銀座・和光ギャラリー等、すべてそれぞれが主催の展覧会を開いて頂いていた。身に余る光栄なことである。私は作品の創作と展示、そして自分の体をその会場へ運べばよかった。〝今度は最初からすべてを自分の力でやってみよう〟と思いついた。

私の誕生日七月三十日に、中日新聞の方の紹介で名古屋の博物館を訪れ、決定することに

した。この朝、大きな、大きな日の出の輝きを見た。空は晴れ渡り、一点の雲もなかった。朝の散歩で、道端に咲いていた百日草をスケッチする。〃病気になんか負けるものか〃今まで何度も肉体との闘いの繰り返しであった。

「病よ、去れ！」

大きな朝の太陽に向かって私は声のかぎり叫んだ。

4　夫婦愛

夜明け頃、まだ眠気から覚めやらぬまま、盛栄と私は竹藪の細道をポクポクと歩く。竹藪を通り抜けると、急斜面の坂道を盛栄はさっさと登って行く。私の足は重く、一歩一歩、息をはずませながら登り切ると、すぐ目の前に池があり、ゆらゆらと水蒸気が立ち上ぼっていた。水面をさざ波をたてながら水鳥が二羽、仲良く泳いでいる。

一休みをしてまた歩く。山の中腹に無人のお社《やしろ》があり、急な石段を一歩一歩踏みしめながら登る。体力が消耗しているために途中で息苦しくなり、足が進もうとしない。石段をやっとの思いで登り切ると、山から湧き水が細い滝のように流れ落ちていて口に含むと甘い。手を洗い、顔を洗う。生まれ変わったような清清《すがすが》しさで、辺りは澄み切った霊気が満ち満ちて心地良い。小鳥のさえずりが聞こえる。まるで別世界である。このような素晴らしい所があったのを今まで知らなかった。私たちのために与えられた散歩道、二人とも感動し毎日の散歩を誓い合った。

衰えた体を、何としても元の健康体に戻さなければならない。自然の中で、澄み切りの大気を吸って帰ってくると、朝食は美味しい。自然界の素晴らしいエネルギーを頂いて、精神面も肉体面も、次第に活力に満たされていくのであった。眠いのに朝早く起きて私を励ましてくれる盛栄の温かい想いやりの心、自然の法則、天の法則を信じ切ってのことであった。

秋麗

雨あがりの
山あいの道を
露をふくんだ草の上を
ひっそりと歩む

山はもみじ
美しい彩りが
朝陽に映《は》え
足元のペンペン草が
大粒のダイヤモンドのような
朝露がきらめく
鳥のさえずりは
まさにモーツァルトの調べ

不思議の国へのいざないに
しばし我を忘れる
「神のたまいし美しさ」
ルノワールの言葉を思い出す

自然の中で
自然の心にかえって
いきどおりの心も
たかぶりも悲しみの心も
淡雪のように消えてゆく

5　寿恵更紗《すえさらさ》 世界の旅展

『寿恵更紗世界の旅展』、春らんまんの季節を名古屋博物館の方で選んで下さった。

「ゴッホ展も終わり、その三部屋が空いているから使って下さい」

と言って頂いた。空調も、ゴッホ展のために新しく整備されて快適な会場である。建物もまだ建築されて何年もたっていなくて新しく、天井は四メートルもあり、最高の会場であった。

案内状、看板、飾り付けの台、手伝って下さる方々、細かいピンに至るまでの手配を全部自分でしなければならなかった。それぞれの細かいことを、何遍も業者と打ち合わせて決めていく。経験のないことばかりで大変な事業であった。今まで着物や帯の展示には慣れていたが、インテリアははじめてのことで、タペストリーの仕立ては自分で考えながら作った。精神力が先行し、肉体が後からついて行く。絶えず気力を出し切る心のコントロールが必要とされた。

オープンの日は、あいにくの雨であった。博物館は名古屋の中心からも遠く、乗り物の便も悪い。

「おそらく人々の足は重く、あまり訪れてこないかもしれませんよ」

「普段なら二十人くらいです」

と学芸員の方から聞いた。〃雨も降り、人は少ないかも分からない……〃と思っていた予想は見事に外れ、

「中日新聞に、大きく報道されたのを見て飛んできました。広島や京都、大阪からも知人の方たちが大勢駆け付けて下さり、嬉しさで疲れはいっぺんにふっ飛んでしまった。

日本に昔、遠い南の国から渡って来た古渡更紗《こわたり》模様。旅の途中で巡り合った野の花、古い唐草《からくさ》模様、日本の古典的ないイメージを着物に創作した作品を第一室に展示した。第二室へと一歩足を踏み入れて、

「おー！」

「これは……」

「素晴らしい……」

驚きの第一声が出る。第一室とは雰囲気ががらりと変わり、外国のイメージを表現したカナダシリーズ。『カナダの秋』ロッキー山脈を中心にして、その時々のひらめきのイメージを着物の上に表現したヨーロッパ、東南アジア、世界を旅した作品がずらりと並ぶ。あまりにもインパクトが強すぎて、初めて目にする人々は驚きの声をあげたのだった。第三室はヨー

ロッパのステンドグラスを表現してあり、ドームの雰囲気を出すためにライトを少し暗くした。

会場を訪れた人の中には、感激のあまり涙で声をつまらせながら、私にその感動の心を伝えて下さるのであった。お年寄りの方は、

「生きている間に、こんな素晴らしい作品と出会えて、いつ死んでも思い残すことはない。よい冥途《めいど》の土産が出来ました」

と喜びを現して、お礼を言いながら帰って行かれた。たくさんの人たちが涙を流し、私にわざわざ感動を伝えて下さった。自分の生命ぎりぎりの想いで、この展覧会を決行した心が通じたのである。毎日、日を追うに従って、訪れてくる人の数もますます増え、充実した日々であった。

『寿恵更紗 世界の旅展』は有意義な展覧会となった。

第九章　断酒

1　安易な道を選ぶな

盛栄は突然、「酒はきっぱり止めた」と宣言した。それは七十歳の誕生日を迎えた日であった。〝きっと天の意志を自分なりに受け止めたのであろう〟と私は悟った。しかし、〝大丈夫だろうか〟と私は盛栄の体のことを気遣った。何十年来のアルコールを断つということは、死をも覚悟の上でないと出来ないことだ。

「疲れていても酒を飲むと元気になる」

と、いつも口癖のように言っている。彼には薬にもなっているのである。お酒はもう、切っても切れない存在であった。土佐の生まれで、何かあるとすぐ酒盛りが始まる。彼《か》の地の人たちは、女性でも酒豪が多いと聞いている。

私は、ブランデーは今まで置いてあった硝子《がらす》戸棚の中に、ビールは冷蔵庫の中、酒はいつもの所……と、いつでも好きな時に取り出して飲むことが出来るように、今まで通りにしておいた。〝夜の寝酒くらいは飲んだ方が体の為に良いのでは……〟と思っている。しかし盛栄は、今、決断をしないと、これまで命を懸けて人の幸せを願い、この乱れた世の中を少しでも平和になるように頑張ってきたことが無駄になる。盛栄は人にない超能力を天から与えられている。その大切な使命をしっかりと受け止めて、〝世界人類の為に、尽くし切らないと申し訳ないことだ〟と覚悟を決めたにちがいない。

今まで、私たちは厳しい試練につぐ試練に耐え抜いて、人に与え切り、尽くし切ってきたではないか。自分のことなどわずかたりとも考えたことはなかった。集まってくる人たちにすべてを与え、その喜びだけで十分だと、一切金銭を拒否してきた。今までにどれだけの人たち、数限りない大勢の人たちが我が家を訪れて、食を共にし自ら救われていったことか。

〝人生の終末近くを迎えた現在、もうこれくらいで自分たち二人の人生を好きな様に楽しんでも良いのではないか。天もきっと許して下さるに違いない〟などと心は揺れるのであった。

〝どうすれば良いのだろうか〟誰にも問うことは出来ない。その時、ふとひらめく。『安易な道を選ぶな』厳しい答えである。私が弱い心になって、今まで歩んで来た道を水の泡のように消してはいけないのだ。生命の法則・自然の法則・心の法則の道を、これからもしっかり歩んでいかなくてはならない。そう強く決断した。

2　倒れても悲しむな

それから一週間も過ぎた頃、

「大阪の会社で四十周年の記念パーティーをするから、是非その席で講演をお願いしたい」と依頼された。〝盛栄はどうするのだろうか〟と思っていたが、

「出席する」

と言う。アルコールを止めて日も浅く、思考も体もまだまだ本物ではない。本当なら入院してベッドの上である。人に会ったり、まして何百人も集まる高い壇上に立って講演をするなどとは考えられない無謀なことであった。

一日、言い出すと聞かない人である。私も一緒に招待されていたので、大阪からの迎えの車に乗った。盛栄は羽織袴《はおりはかま》に着替えて、気持ちの上にも張りを持たせ壇上に立った。私は、〝盛栄が無事に役目を果たせますように〟と祈った。結果は今までにも増して素晴らしい講演となり、人々は感動した。その後、酒の宴になり次から次へと盛栄の前にお酒を持って人々は現れる。盛栄は
「酒は止めた」

とは一言も言わない。皆それぞれにおいしそうに飲んでいる。〝さぞかし辛い思いだったであろう〟と私は思った。盛栄は一滴も口にせず、そのことを誰一人、気付いたものはいなかった。

それから十日ほどして広島でも会があり、

「約束してあるから」

と出掛けることになった。

「私もついて行きましょうか」

と聞いたが、

「今が正念場だ、自分を試すのに良いチャンスだから一人で行く。もし倒れても悲しむな」

と言って出掛けて行った。私は祈り続けた。〃彼をお守り下さい〃盛栄は真剣だった。すべてを天に託すことにしていた。

3　天の使命のままに

二人とも、毎日毎日を大変な想いで過ごすことになった。物を言うにしても注意しながらでないと、ちょっと気に障《さわ》ることでも言おうものなら、ひどい癇癪《かんしゃく》玉が破裂した。私の髪の毛は神経性の円形脱毛症で丸く抜け落ちた。夫婦二人で禁断症状だった。何とか大きな山場を通り抜けた頃、広島の会社の社長が、

「盛栄先生の、お酒を止めてまで人の為に尽くし切ろうとされる姿を見て、社員ともども大

きな感銘を受けた」

と感動され、

「明るさ、暖かさ、喜びを売る会社になり切ろう。物を売るのではない、心を売れ、与え切れ」

の信念の元に、次々と他の会社も賛同し、仲間に加わってきた。

「物質を求め、人を陥れてもお金を、という今の乱れた社会、物質文明の時代は終わろうとしている。精神文明の時代に入っているのだ。皆、目を覚まそうではないか。そして世の中の平和、世界の平和を目指して尽くし切ろう」

と、それぞれに団結していった。私たちの願いがやっと通じ、叶えられてきたのであった。

盛栄は、明けても暮れても人々の幸せと発展のために全力のエネルギーを投入した。お酒を飲んでいた過去の姿はもうどこにも見当たらない。天の使命のままに、命懸けで徹し切ったそれは尊い姿であった。

第十章　クメールの微笑《ほほえみ》　アンコールワット

1　悲痛な叫び

（一九九二年）

「アンコールワット」その言葉を耳にする度になぜか心が騒ぐ。長期の戦乱が続き、種々の悪条件が重なり、遺跡は崩壊寸前である。このまま放置すれば、あと数年の生命と言われている。世界的に大切な文化遺産の素晴らしい芸術が崩れ去るかもしれない……。石像たちが滅びゆく運命を嘆き悲しんでいる。

「誰か、誰か……、私たちをよみがえらせて……、早く、早く……」

悲痛な叫び声が耳元でささやく。なぜ、私に訴えて来るのであろう。石像の嘆きに応えるには私は何をすれば良いのであろうか。すぐにでも現地に飛びたい……。しかし、戦乱が続いていた。

ちょうどその頃、アンコールワットの写真集が発行されて早速取り寄せたが、想像を絶する状態に絶句する。千年の昔に栄えたアンコールワット王朝にタイムスリップして、私は、「女神たちの優雅な姿を更紗に描いてみよう」と思った。しかし、そこではたと困った。今まで人物像はほとんど描いたことがなかった。その上、デッサンの経験もない。顔も、手も、足もと考えれば考えるほど不安になった。自然のままで良い、下手でも良い、ただひたすらに、嬉しさと楽しさに満ち溢れた女神たちを更紗の上に表現できればと創作への強い想いにとらわれた。

日本人である小さな存在の私が、更紗の一筆の祈りによって、崩壊寸前のアンコールワットの遺跡の復興に何らかのお役に立つことが出来れば、この世に生かされているものとしてこれ以上の喜びはない。自分自身の汚れを取り去る努力、日々、澄み切りの心になり切って、〝カンボジアの人々の平和に、そして世界の平和につながれば……〟と願う心でいっぱいであった。

2　喜びあふれる微笑《ほほえみ》

幾度か訪れたバリ島で描き溜ためた美しい花々と、天女や女神の像が重なってイメージとなり、果てしなく広がる世界の中で、更紗のアンコールワットの創作に取りかかった。千年前のアンコールワット王朝はどの様なものであったか分からないが、私なりの想像の世界で女神たちを蘇《よみがえ》らせ、喜びあふれる微笑《ほほえみ》を取り戻してあげたい。痛ましい石像を想像するより、美しい南の花々に囲まれて楽しく語り合う女神や天女たち。〝絵ではない、更紗なんだ〟と、割り切ることにして創作を続ける。美しい花々に囲まれながら楽しい語らいのひとときを過ごす女神たち、花と戯《たわむ》れながら天空を舞う天女。私も天女や女神たちと語らい、まるで天国にでもいる様な、楽しく嬉しいひととき。

しらじらと夜の明け染める頃、まだ大地は凍てついていて寒い。霜柱を踏みしめながら、田んぼの畦道《あぜみち》に立って朝日が昇るのを待つ。京都の冬は足元からしんしんと冷えてくる。玲瓏透徹《れいろうとうてつ》の心。朝日のきらめきを我が身に受けて作品にぶつける。心を澄み切らせて女神の表情を描く。私も女神の心になりきる。人を愛する優しい心、世界を愛する広い心、美神に微笑《ほほえみ》がよみがえる。

次々と想像が広がり、創造となる。三年の月日が流れ、八十点近くの作品が出来上がり、一九九二年七月、暑い夏の盛りに銀座和光ギャラリーに於いて五回目の発表の時を与えられた。

和光展は予想を上回る多くの来場者があり、その売り上げは、アンコールワット遺跡の修復の費用にユネスコを通じて寄付することが出来た。きっと女神たちも喜んでくれたに違いない。いや、お金よりも何よりも、女神や天女たちと心を通わすことが出来て私は満足した。振り返ってみると、まるで天国にいるような、過去最高に楽しい創作の日々であった。

平和の調べ

ざくろの実が
たわわに実る
樹の下で
美しい調べが響《ひび》く

無我の境地で奏《かなで》る
楽しい音色は
遠く　広く
平和の世界に
響き渡る

第十一章　生命《いのち》の危機を乗りこえて

1　ひとり越後《えちご》湯沢へ

（一九九三年）

『燦《さん》クラブ』、盛栄をリーダーとする会の名称がある朝ひらめき、提案し決められた。何年か前のことである。

寒い冬の二月、越後湯沢で燦クラブ研修会が盛栄を主として開催された。盛栄は三つの法則、『生命の法則を知って健康を』『自然の法則を知って繁栄を』『心の法則を知って平和を』を提唱している。宇宙にも法則があるように、この世の中はすべて法則により成り立っており、そのルールを守って行動していくことを説いているのである。

盛栄は南国土佐の生まれで、寒い所は大の苦手。京都へ来た当時は冬になると、

「寒い、寒い……」

と、言って何枚も重ね着をしていた。〝それなのに、どうして一番寒い越後湯沢で研修会をするのであろうか……〟と、私は不思議に思えた。出発の朝は、暗いうちから起きて出掛ける支度を始めていた。よほど緊張している様に見受けられる。私は折悪《おりあ》しく、そのころ普段はめったにひかない風邪をひき、二、三日前から熱を出して寝込んでしまっていた。無理をして出掛けようと思ってはみたが、〝寒い所へいけば、こじらすことになるかもしれない

……〟と思い、盛栄一人が行くことになった。どこへ出掛けるにも私が側《そば》についていたのに、一人で行くことは心細いことであろうと思われた。「大丈夫かしら……」と、フッと不安がよぎる。しかし、弟子の人たちが何人も側について下さることだから、きっと大丈夫……と思い直すのだった。

越後湯沢はスキーシーズンでもあり、各地からスキー客が集まって来ている。高い場所に宿舎があるらしく、夜になって電話があり、

「呼吸が苦しく、寒くてやりきれない。部屋の中でも服を着込んで休んでいる。お前が側にいないので不自由している」

と訴えるのであった。暖房も完備されているのにどうしたことであろうか。無理をしてでもついて行けばよかった……と悔やまれた。盛栄は、他の人に迷惑をかけることが嫌いで、黙って我慢しているようである。遠く離れた地、私にはどうする術《すべ》もなかった。

明くる日はお世話になった人にお礼を言うため、降りしきる雪の中を歩いて行く途中、足を滑らせて雪穴に落ちてしまった。膝から下はびしょ濡れになり、何時間もかけてやっと京都の我が家にたどり着いた時には、一言も話せない状態になっていた。ぐったりしている盛栄を見ると、私は何も様子が分からないまま聞くこともならず、ひとり気をもむ他はなかった。

2　天はきっと生かして下さる

その病状はこれまでにないひどいもので、物を言うにも困難な上、ひっきりなしの咳のため横になって休むことすら出来ず、そのうえ食物は喉を通らない。もしかすると肺炎を起こしているのかもしれない。高齢で肺炎になると命にかかわると聞いている。いつものように医者も薬も一切拒《こば》み、自力で立ち直ることを念願したが、〝七十六歳の高齢で、果たして助かるのだろうか……、いや、きっと元気になる〟その繰り返しが幾日も続く。病院に入り、医者に任せるということにでもなれば私にとってどんなに安心か分からない。

盛栄の医者、看護婦、主婦、そして燦《さん》クラブ……、ズッシリと肩に重荷を背負わされ、大きな試練を与えられたことを悟る。体が思うようにならない歯痒《はがゆ》さのためか、盛栄の口からふと気弱い言葉が出始める。私は心を鬼にして強い言葉でその暗さを消した。盛栄は、内心恨《うら》んでいたかもしれない。

三週間ほど過ぎた頃、顔の表情から少し楽になったように感じられた。〝やっと峠を越えた……〟とホッとした。〝この世に盛栄を必要とするならば、天はきっと生かして下さるに違いない〟その必死な祈りが通じたのであろうか、少しずつ、少しずつ快方に向かっていく。

「お前が側にいてくれたら、こんなことにはならなかったのに……」

と絶えずその言葉を口にした。その度に私の心は痛んだ。越後でのことが、後に盛栄の生命を縮める因《もと》となった。私は毎日、何も手につかない有様のまま、すべて自然の流れに任すことにした。

盛栄の体調もだいぶ回復してきた。部屋の中で一歩、一歩、ゆっくりと歩くことからリハビリを始めたが、呼吸が苦しそうで痛々しい。五メートルくらいの間を何回か往復する。健康な時には考えられない忍耐と努力である。それから、盛栄は冷たい水を嫌うようになった。越後での冷たい雪水の感覚が蘇《よみがえ》ってくるのであろう。

3　生と死の境

広島での講演会が近付いて来る。今回も出席するかどうか、広島の責任者とのやりとりの電話。まず、外へ出て歩くことは困難な状態である。かりに出掛けて行ったとしても講演は無理。しかし私は考えた。「このままズルズルと病人のままで、体調の回復を根気よく待つしかないのか、病気を乗り越えて燦《さん》クラブのリーダーとしての自覚を取り戻すことが、彼にとっては刺激になり発奮《はっぷん》を促《うなが》すことになるのではないか……」私の心は揺れ動いた。ろくに歩くことも出来ない人を連れ出して、もし倒れでもしたら責任は免《まぬが》れない。生と死の境目。どうすればいいのだろう……。いつものことながら、私は天に答えを求めるしかなかった。天を信じよう。盛栄がまだこの世に大切な使命があるならば、きっと生かして下さる。命を懸けよう私は決断した。「広島へ行こう！」

歩けない盛栄のために車椅子を用意して頂き、広島から責任者の方がわざわざ京都駅まで迎えに来て下さった。二人とも、極度に神経を使い、盛栄の健康と無事を祈り続けた。会場は緊張感が漂い、張り詰めた雰囲気の中、車椅子で現れた盛栄の姿を見るなり、全員が感動の涙、涙の出迎え、拍手が鳴り響く。盛栄の顔は次第に生気がみなぎり、二十分程も講演することが出来た。皆一つの心になり、盛栄の回復を心からの喜びとした。

天を信じ切ったことに間違いはなかった。それ以来、各地へ車椅子で出掛けるようになり、やがて自分の足で歩けるようになる。忍耐と努力、人を救わんとする盛栄の精神力の強さ、そして祈りの力が彼を自力で立ち直らせた。まさに精神と肉体の闘いであった。

第十二章　レオン・ド・ロニーの想い

1 フランスへ

（一九九三年）

深い霧が一面に立ち込め、車の中から眺めるリールの街並みは夢の中に浮かび上がる中世の物語そのままだった。タイムスリップしたかのような不思議な想いの中、ドクター・ジュポア氏（日仏友好協会会長）のお宅に到着した。落ち葉が幾重にも重なり、しっとりと濡れている。一歩、一歩踏みしめながら感慨深く歩いて行くと、白い洋館の窓には日の丸があった。ジュポア先生の温かいお出迎えと共に、日本人に対する熱い想いをひしひしと感じる。レオン・ド・ロニーの意志を継いで集められたその資料は数え切れないほどで、私はただただ驚きと感動で言葉もなく、身の引き締まる想いであった。

レオン・ド・ロニー（一八三七—一九一四）はフランスのリール出身で、明治維新の混乱の最中《さなか》にヨーロッパを訪れた福沢諭吉等と交流し、日本に興味を持ち、日本の文化や文学を吸収していった人である。特に古今集などの詩歌集《しいかしゅう》に惹かれて、日本詩歌大全集を出版した。一度も日本を訪れたことはなく、独学で日本を研究し、日本を愛したレオン・ド・ロニー。フランスをはじめヨーロッパに日本を紹介し、日本語や文化を広めたこのレオン・ド・ロニーの話を聞いているうちに、私の魂は強く揺さぶられた。

リール市で一九九三年十一月二十八日、戦後最大の日仏文化経済交流シンポジウムが開催され、私は日本代表として招待されることになった。

「世界の人々が集まる席上で、是非スピーチをお願いしたい」と依頼を受け、私は考えてもみなかったことに驚いた。スピーチだけは何とかお断りできないだろうか。外国で通訳を通じてのスピーチなど生まれて初めてで、責任の重大さに夜も眠れない。なぜ私に……、もっと他に立派な方がたくさんおられるではないか……と。過去三十年間、フランスと日本の懸け橋にと奔走《ほんそう》され、フランスを特に愛されている経済学のS先生を紹介され、その方の熱意に打たれ、お引き受けすることになった。

2　芸術の融合

その頃は盛栄も、外国へ出掛けられるほど体力が回復しており、S先生をリーダーに燦《さん》クラブのメンバー二十名と共にフランスへ出発した。パリの街は白い雪化粧をして私たちを出迎えてくれた。厳しい寒さである。二泊してリールへ。霧の中に浮かぶ中世の街、リール。しっとりとした雰囲気はどこか京都に似た風情《ふぜい》を感じさせた。モーツァルトが宿泊したというホテルに泊まることになったが、歴史の重みを感じさせる感慨深いものが胸の中を去来《きょらい》した。

年代を思わせるエレベーターの上がり下がりは、まるで宇宙ステーションのような大きな音がした。ちょうど部屋の近くにあり、音がする度に眠りを覚《さ》まされる。スチームは、気に入らないと消えて、また突然動き出す。するとまるで独り言のおしゃべりが始まったようで、何かぶつぶつとしゃべり出す。モーツァルトも泊まったことのあるホテルと思うと、それもなぜかおもしろく、楽しくもあった。ホテルの人たちは心から私たちを明るくもてなして下さり、どこにもない温かい心が感じられた。

リール市は、一六〇〇年頃に栄えた面影が未《いま》だに残っている。厳しい寒さに厚手のコートを着て、その上にカシミヤのショールで顔を包み込む。寒さに弱い盛栄の身が気にかかる。

会場となるリール市営オペラ座とホテルを何回となく往復する。二百年の年代を経てきたオペラ座はさすがに重厚な雰囲気で、天井は高く、柱、空間すべてが芸術である。作品を展示する会場は大理石、天井は十五メートルもの高さで、見事な天井絵と壁画で飾られシャンデリアが輝いている。〝これ以上、何も必要としない装飾の施《ほどこ》された部屋に、果たして寿恵《すえ》更紗《さらさ》が受け入れられるだろうか……〟私は一瞬躊躇《ちゅうちょ》した。壁面の装飾は一切なし、やわらかい色調の無地の壁面でこそ作品は映えるのである。

まわりの重厚でかつ華やかな雰囲気の中に見事に調和し、その上、作品を生き生きと輝かせて見せることが出来るのか。まわりの雰囲気に圧倒されて、惨《みじ》めに霞《かす》んでみずぼらしいものになってしまうのか。私は賭《か》けてみることにする。広い広いオペラ座のギャラリーでの作品は、着物三点、タペストリー五点。天井までは十五メートルもあり、空間が広すぎる。あとの二点はオペラ座の舞台に展示される。こんなことは過去、経験のないことである。〝日本の着物芸術が、ヨーロッパ芸術の何物にも負けませんように……〟一心に祈った。

私はふと〝調和できる〟と思った。〝私の心が、すでに調和しているのだから……〟オペラ座の舞台に、カナダのロッキーマウンテンの着物と、パリのノートルダム寺院のステンドグラスの着物が飾られ、ともすれば堅くなりがちな会場に柔らかいムードをかもし出している。〝もう一つのギャラリーはどうであろうか……〟一点一点、私は愛情を込めて、魂を吹き込んだ。今まで眠っていたような着物も、タペストリーも、以前からこの場所に飾られているように、すっぽりと雰囲気の中に溶け込んで生き生きと輝いて見える。大きな大理石の壺の横に飾られたタペストリーのアンコールワットの女神像は何の違和感もなく、私はふと〝あなた様は、いつからここにいらっしゃるのでしょうか？〟と尋ねてみたくなった。

うっすらとレースのカーテンを通してのやわらかい陽射しと、シャンデリアの光に浮かび上がる『ローマの夜明け』、京都の秋をイメージした『洛陽《らくよう》』『源氏物語』、それぞれの日本の着物美が今、ヨーロッパのリール・オペラ座で見事な調和を保っている。

3 愛の聖火

フランスでは有名な通訳の方から

「打ち合わせをしたい」

と申し出があった。スピーチの原稿を早く書いておかなければと気になりながら、明日に迫ってホテルの部屋で夜通し考えてやっとまとめたものを、なんとかその当日通訳の方に手渡すことが出来た。もう覚悟は決まっていた。シンポジウムも終りに近付くころ、由緒あるオペラ座の舞台に立った。

「フランスのリール市において、戦後初めての日仏文化経済交流シンポジウムが開催され、ご縁があってその席に日本代表としてスピーチをさせて頂く栄誉を与えられたことは、この上ない喜びである。この地リールに生を受け、日本文化をヨーロッパに広められたレオン・ド・ロニー氏との魂の融合。宇宙でたった一つ生物の生存を許されている美しい地球上で、お金と物欲と名声ばかりを追い求め、争いを繰り返して地球を汚し滅ぼそうとしている人たち。日本とフランスの心の交流、お互いが理解し合い、世界の平和、美しい地球を守るために、更紗芸術を通じ愛の聖火として幸せの光を運んで来た。この聖火が、世界に燃え続けるように」

と祈念して私のスピーチは終わった。四十分も経過していた。フランス人の通訳の方も私の想いをよく汲み取って下さり、立派な通訳であったことを後から聞いた。私の後《うし》ろには寿恵更紗の着物二点、私と一体になって日仏文化交流の使命を全うした。

次なる企画として、レオン・ド・ロニーの日仏文化交流に命を賭けたその強い想いを、寿恵更紗の着物の上に、青木寿恵の想いを融合して表現することを提案された。考えてもみなかったことに、私は今迄とは全く異なった創作にとまどう。会って語り合うことも出来ない、霧の彼方に浮かぶ幻のようなロニーの存在。亡くなった人の想いを創作するのは初めての試みである。

4　ジョセフ・デュポア氏の言葉

従来、デザインとして更紗が持つ広い国際性と、エッフェル塔を基本イメージとして採用した本作品の幾何学的模様が、西洋社会を見事に象徴している。いくつもの種類のエッフェルが淡い雲の地紋の中を遊泳し、漂い、レオン・ド・ロニーの日本への夢と想いを遠い異国の空の果てに限りなく走らせている。

時に、帆掛け舟のエッフェルがロニー教授の日本への船出を夢想させる。ロニーの生きていた時代の西洋社会も、例外なく几帳面で、やや幾何学的な合理的精神の社会であり、このことが本作品を通じて遺憾《いかん》なく描き出されている。頭のとがったエッフェルの演じる多様な表情と動き。そして、これら西洋世界の営みの中に、ナイーブで繊細でそれでいて時に大胆とも思える寿恵更紗《すえさらさ》独特の技法と色彩感覚が、ロニーの日本への想いを歌いあげて行く。

ロニーの想いを象徴する日本の伝統文化が詩歌《しいか》、百人一首、源氏絵巻の世界の展開によって描き出されて行く。ロニー教授の生きた十九世紀中庸《ちゅうよう》の西洋世界と、開国前夜の極東の異郷の国、日本の間に橋をかけた世界で初めての作品が誕生した事に大きな感動を覚える。

「レオン・ド・ロニーの想い」フランスと日本の融合を寿恵更紗として創作。その評価が、この文章である。

第十三章　愛・平和・燦《きら》めき（フランス）

クメールの微笑《ほほえみ》、寿恵更紗《すえさらさ》展の開催を通じてユネスコ・アンコール遺跡活動の資金の貢献をさせて頂いたことにより、ユネスコ平和五十周年記念に、フランス国連本部・ユネスコ・ミロ館において寿恵更紗展開催のため招聘《しょうへい》されることとなった。（一九九五年五月二日〜十二日）

1　もう大丈夫だ

四月二十五日、出発の三日前、朝起きてきた盛栄の顔を見て私は大きなショックを受けた。右目が眼底出血で赤黒く、まるで鬼の目のような異様な形相となっている。体力はすっかり衰えて食欲も一切ない。このような体調の上、高齢であり、果たして長時間のフライトに耐えることができるのだろうか……。安静が第一、無理をしてフランスまで連れて行けば、生命の保証はおぼつかない。かといって、私が彼と一緒に日本に残ることは国際的な行事に支障をきたし、迷惑を掛けることになる。一体どうすればよいのであろう……、このような土壇場に何と酷《ひど》いことを課せられたのであろうか……。今の状態では三日間で盛栄の体調が回復することは、到底望めそうにない。

「私ひとりでフランスへ行くことにしましょうか。」

と問うと、

「残る」

という返事。よほど辛い状態だと思われたが、医者にも薬にも頼らない彼の意志を曲げることもできず、私は〝天のなすがままにお任せするしか道はない〟と心に決めた。一瞬一瞬が緊張の連続で、フランス出発の準備と、盛栄の生命との闘いに夜も眠れず、命がけの祈りとなった。

明朝出発という日の昼過ぎ、盛栄は
「少し何か食べてみる」

と言い出し、白粥を口にした。食物が少しお腹に入り、わずかながら元気づいたようであった。彼は気力で生きている。気力を出し切って〝病に勝とう〟と必死に精神コントロールをしている。その姿に、〝このような想いをしてまでフランスへ行かなければならないのか……〟と再び迷いが出た。体調の悪い盛栄を無理やり遠い異国へ連れて行くなど、死を覚悟の上でなければ到底できないことだ。国際的な行事と大切な盛栄の生命にかかわる問題との板挟みになり、気が狂いそうであった。夕方近くになり、盛栄は覚悟をしたのであろう、

「フランスへ行く」

と言った。私の立場を考えての決断であった。

日本からフランスへは十三時間のフライトである。盛栄は生命を捨てる覚悟で参加した。

「途中でもし死ぬようなことがあっても、自分は約束を果たしたことになる。人と人、国と国との約束の行事に参加できれば本望だ」

と、強い覚悟の旅であった。私も日本へ盛栄一人を残して旅立つことは心配で、責任も十分に果たせないかもしれない。その心境は、口では言いあらわせないほどの緊張の極限に達していた。すべてを天にお任せする。運を天に任す。それ以外はどうする術《すべ》もなかった。

肉体の苦痛を打ち消すように、機内でも夫はできるだけ同行された方々と話をした。少しゆっくり休めば……と、私はハラハラしながら見守っていた。

「間もなくフランスのドゴール空港に到着します」

とのアナウンスに、夫は喜びの声を上げた。強い精神力で、何事もなくフランスへ。

「もう大丈夫だ！」

と嬉しそうであった。私も第一の難関をやっと抜け、天に感謝した。

長時間の旅であり、慣れない異国、時差との闘い、さぞつらかったことでしょう……と思うと胸が詰まる。私自身も、極度の緊張と疲労がめまいとなって襲ってくる。大切な使命のもとにパリへきているのだ。それをしっかりとわきまえて気を緩めることなく、ユネスコ展に向けて自らを励まし、天に意識を向けて揺るぎない精神力とすることに専念した。厳しい精神と肉体の闘いである。夜も二、三時間しか眠れず、ただ精神力だけで動いているような状態であった。ともすれば崩れそうになる肉体、自分のことよりも盛栄のこと、少しでも元気を取り戻してくれることを祈るのみであった。

2　ユネスコ展

五月二日、昨日までの寒々としたパリの空はすっかり晴れ渡り、陽春の太陽が燦《きら》めき、街路樹のマロニエが美しい。セーヌもブローニュの森も陽に輝いて緑濃く、パリの季節は春から初夏へと移り変わろうとしている。

ユネスコ本部のミロ館。フランス人が最も愛するミロの絵が壁画として飾られている。その広い会館が寿恵更紗《すえさらさ》の展示会場として提供され、皆様の協力のもとに五月二日のオープンを迎えた。久しぶりの盛栄の嬉しそうな顔、病気を克服して迎えた意義ある日となったのである。

愛　平和　燦《きらめ》き

うぶ毛のようなやわらかな新芽
パリの街路樹は冬の眠りからさめたばかり
マロニエもそっと　花びらの扉を開く
パリは　まだ早春

五月二日
寿恵更紗ユネスコ展オープン
五月の陽は燦々と照り
マロニエも並木路もすっかり緑濃ゆく
セーヌも　ブローニュの森も　光り輝き
世界の民族衣装を身にまとい
寿恵更紗と語り合う人　人　人

ひとみは感動に潤《うる》み
その表情は幸せのまろやか　やさしさが漂《ただよ》う
言葉はわからない
身のうちからほとばしる想いを
私は受けとめる
メルシボクー　メルシボクー
トレビアン　トレビアン

素晴らしい　光り　純粋　象徴　神秘
言い尽くせぬ想いを乗せて
人の波は寄せては返す
世界の平和　人々の幸せを
祈りの中の寿恵更紗
パリでそれぞれに燦《きら》めいている

オープニングには日本大使館から大使が出席して下さり、ユネスコ代表の方とともどもテープカットが行われた。パーティーにはシラク・パリ市長が大統領選挙間近のため代理の方が出席され、ルーブル美術館の文化部長や名士の方々が数多く参加され、会場は溢れんばかりの熱気に満ちていた。

ルーブル美術館の方は、

「この作品はすべて霊感のひらめきにより、そのイマジネーションで創作されたものですね。心の中へ訴えてくる素晴らしい作品です」

と興奮気味に語られた。その他にもこのようなとらえ方をされ、毎日足を運んでこられた方も多かった。作者の名声や地位によって作品を評価しない。フランスはやはり感性の高い芸術の都だと思った。広い会場いっぱいに飾られた寿恵更紗《すえさらさ》の着物・タペストリー・クメールの絵、それぞれがミロの壁画と調和し、輝いていた。

日本とフランスの文化・芸術の融合。国連本部ユネスコ会館は、世界各国の人々が集う場。民族衣装を身にまとい、肌の色も異なり、それぞれに個性を持った人々。初めて目にした日本の着物に興奮し、言葉の通じないもどかしさを互いに感じながらも、身振り手振りでほとばしる感動を伝えてくる。

「トレビアン、トレビアン」

その姿に、私も全身で感謝の意を伝える。

「メルシボク、メルシボク」

「アーティストとお話がしたい、語り合いたい」

と、熱い想いの人々がいかに多いか通訳の方から聞く。私も同じ想いで、ニコニコと微笑む。言葉よりも、更紗の作品たちが私の想いを語りかけ、高い感性の世界で通じ合う。

「フランスで、人々に感動を与え高い評価を得たことは世界で認められたも同じこと。世界的に素晴らしいということなのですよ」

と、長年フランスに在住の方が言われた。その言葉の持つ意味の深さ、フランスの芸術・文化に対する深い想い。国民の多くが芸術に対して高い感性の持ち主であり、本質を観る目は鋭く的確で、自信を持っている。

ユネスコ会館へ訪れた方々から更紗芸術に対してのメッセージに
「とても宇宙的にエレガント」「新鮮」「光り」「純粋」「象徴」「魅力的」「自然の詩のようだ」「色彩のハーモニーが美しい」「言葉を絶する素晴らしさ」等々、賛美のお言葉を頂戴した。

〝東洋と西洋の懸け橋だ〟と喜んで頂くことができた。寿恵更紗を通じて日仏文化交流のお役に立て、万難を排してフランスまできた甲斐があった。

3 生かされてあり

振り返ってみると、過ぎにし過去は波乱万丈の人生であったが、考えようによっては、様々な出来事に遭遇し、充実した日々であったということになる。生命を拒《こば》みたくなるほど辛《つら》く苦しい時、耐えて耐え抜くことを学び、努力・根性の持ち主になることができた。未知のものに向かってチャレンジする勇気も与えられ、あれほど弱かった肉体も、自力で精神のコントロールをすることにより、病を克服し自分にとって最悪の現象があっても耐えて時を待ち、自然心に成り切って、運を天に任すゆとりの心を与えられた。

緻密《ちみつ》な手描き更紗は、気の遠くなるような手仕事である。類をみない芸術作品に創り上げていくことができたのも、苦難を与えられて自分を磨いて磨いて磨き抜いた賜《たまもの》であると信じている。日本の文化使節として世界各国を旅し、その時々のイメージを創作することができたのも、すべて天の為せる業《わざ》、私が創ったものではない。すべて天の創りたまいしものなのだ。自分の技でも自分の力でもない。ただ、天からのひらめきを創作しただけのことである。生かされているから何かができる。

フランスのモネの庭で藤の花に囲まれていた盛栄の魂は、あの時すでに昇華していたのであろう。まもなく天界の人となり、尊い教えをあとに遺《のこ》していった。私は深い悲しみを乗り越え、遺された盛栄哲学の教えを白い布の上に、美しい色彩のハーモニーをかもし出しながら染め込んでゆく。人々の心の中に、粋《す》み切った意識の色を染め込むように……。染めにし心の花が咲き、世界の平和、人々の幸せ、嬉しくて、善いことばかりの日々を願いながら……。

あとがき

『宇宙人』
私は、人に聞かれると盛栄のことをこう答えた。
現世に生きる人間として、私には理解出来ないことが多くあった。
その人と共に歩み、
人々に限りなき愛を貫き通した、〝奇跡の人と人生ふたり旅〟であった。

一九九六年五月二十七日

宇宙からのメッセージ

この言葉聞けしもの幸せ
聞けぬもの不幸
ぜひ伝えよ　知らぬものに伝えよ
知らぬものも知れば

幸せへの道が開かれる
自分のみのものにするな
同じ地球上の生きる人
ゆえにすべてが
幸せになってこそ本物の幸せ
伝えよ
伝えゆく自分が救われる

一九九五年七月二十五日、盛栄はこの地球上から消えていった。肉体はこの世から消滅しても、人類への想いは決して消滅してはいなかったのであろう。十ヵ月後、師の志を受け継ぎ、明るい社会を築き、幸せの輪を広げるＮＰＯ法人 日本燦《さん》クラブのメンバーの一人に、前記のメッセージが降りた。

純粋な心を持つその青年は、初め自分の意志とは関係なく浮かんでくる言葉に驚き、〝気が違ったのでは〟と思ったそうである。以後、毎日のように降りてくる言葉を見て、私は盛栄からの通信に間違いないことを確信した。

一九九六年五月二十七日

人の一生とはなに
人の一生は不幸になるためではない
毎日悩み苦しむためではない
明るく楽しく生きること
毎日ワクワクしてドキドキして笑える
それが本当の人の一生
明るい楽しい
善いことのみの人生こそが人生

人が好きで、人のために生き抜いた盛栄よりの愛のメッセージは、その後二年半にわたり、千五百にのぼる夥《おびただ》しい数の言葉が届けられた（明窓出版から近々発刊される予定である）。

共に過ごした私には、盛栄の『人に幸せになってもらいたい』という想いが痛いほどわかる。この世に生ある限り、私は世界中に、この人類愛のメッセージを伝えていきたい。

幸せへのメッセージを……。

略歴

一九二六年　大阪府に生まれる
一九五〇年　ローケツ染めの研究を始める
一九六五年　手描更紗の研究、創作活動開始
一九七一年　岐阜・美濃に顕習場を建設し、夫婦にて人類救済活動をスタート
一九七五年　東京銀座／和光主催により個展（同七九・八四・八八・九二・〇〇）
一九七七年　イタリア（ローマ）・ドイツ（ケルン・ベルリン）より招聘され個展
一九七九年　日加修好五十周年記念に日本文化使節としてカナダ政府より招聘され個展
一九八四年　愛媛県立美術館主催により個展
一九八六年　名古屋市立博物館にて個展
一九九三年　日仏文化交流日本代表としてリール市オペラ座にて講演・個展
一九九五年　ユネスコ平和五十周年記念にフランス／ユネスコ本部より招聘され個展
二〇〇四年　ＮＰＯ法人日本燦クラブの顧問となる

主な著作

一九八〇　「更紗・青木寿恵作品集」京都書院より出版

一九八八　「寿恵更紗―青木寿恵作品集」京都書院より出版

一九九二　「クメールの微笑　更紗青木寿恵作品集」京都書院より出版

一九九六　詩集「しぜんのままに」出版

一九九八　著書「愛のしづく」出版

二〇〇五　著書「想念実現」出版

奇跡の人と人生ふたり旅

青《あお》木《き》寿《す》恵《え》

明窓出版

挿絵＝鳥　青木盛栄
花　青木寿恵

平成十九年二月十五日初版発行

発行者――増本　利博

発行所――明窓出版株式会社
〒一六四―〇〇一二
東京都中野区本町六―二七―一三
電話　（〇三）三三八〇―八三〇三
ＦＡＸ（〇三）三三八〇―六四二四
振替　〇〇一六〇―一―一九二七六六

印刷所――株式会社　シナノ

落丁・乱丁はお取り替えいたします。
定価はカバーに表示してあります。

ISBN 978-4-89634-202-4

ホームページ http://meisou.com

イルカとETと天使たち

ティモシー・ワイリー著／鈴木美保子訳

「奇跡のコンタクト」の全記録。

未知なるものとの遭遇により得られた、数々の啓示《アドバイス》、
ベスト・アンサーがここに。

「とても古い宇宙の中の、とても新しい星—地球—。
大宇宙で孤立し、隔離されてきたこの長く暗い時代は今、
終焉を迎えようとしている。
より精妙な次元において起こっている和解が、
今僕らのところへも浸透してきているようだ」

◎ スピリチュアルな世界が身近に迫り、これからの生き方が見えてくる一冊。

本書の展開で明らかになるように、イルカの知性への探求は、また別の道をも開くことになった。その全てが、知恵の後ろ盾と心のはたらきのもとにある。また、より高次における、魂の合一性（ワンネス）を示してくれている。
まずは、明らかな核爆弾の威力から、また大きく広がっている生態系への懸念から、僕らはやっとグローバルな意識を持つようになり、そしてそれは結局、僕らみんなの問題なのだと実感している。

明窓出版の新刊案内

地球《ガイア》へのラブレター

〜意識を超えた旅〜　西野樹里著

そして内なる旅は続く……。すべての人の魂を揺さぶらずにはおかない、渾身のドキュメンタリー。

内へと、外へと、彼女の好奇心は留まることを知らないかのように忙しく旅を深めていく。しかし、彼女を突き動かすものは、その旅がどこに向かうにせよ、心の奥深くからの声、言葉である。

リーディングや過去世回帰、エーテル体、瞑想体験。その間に、貧血の息子や先天性の心疾患の娘の育児、そしてその娘との交流と迎える死。その度に彼女の精神が受け止めるさまざまな精神世界の現象が現れては消え、消えては現れる。

そうした旅は、すべて最初の内側からする老人の叱咤の声に始まっている。その後のいろいろな出来事の記述を読み進む中で、その叱咤の声が彼女の守護神のものであることが判明する。子供たちが大きくなり、ひとりの時間をそれまで以上に持てるようになった彼女には、少しずつ守護神との会話が増えていき、以前に増して懐かしく親しい存在になっていく……。

惑星の痛み／リーディングと過去世回帰／命のダンス／瞑想／命の学び／約束／光の部屋／土気色の馬面／孤軍奮闘／地球へのラブレター／内なる旅 ／過去との遭遇／アカシック・レコード／寂光院／喋る野菜／新しい守護神／鞍馬の主／進化について／滝行脚／関係のカルマ（目次より抜粋）　定価1500円